united
p.c.

I0562771

www.united-pc.eu

Werner Simon

Zweimal leben

Ein abgeklärter Klonkrimi

Es ist noch nicht sehr lange her, als ich die erste E-Mail von ihr bekam. Ihr Eintritt in mein Leben traf mich völlig unerwartet. Ich konnte ihr und ihrem Freund zwar weiterhelfen, obgleich in einer Angelegenheit, die mich bis heute nicht in Ruhe lässt.

„Ich bin die Freundin eines Ihrer Verwandten. Wir wenden uns an Sie, weil wir Ihre Hilfe als Fachmann brauchen. Mein Lebensgefährte Frank ist ein ferner Verwandter dritten Grades von Ihnen. Das heißt, einer Ihrer Großväter und eine von Franks Großmüttern waren Geschwister.“

Nach der üblichen Anrede mit Nennung meines Namens waren dies Ihre ersten beiden Sätze, die ich in schlechtem Englisch zu lesen bekam, nachdem ich eine E-Mail mit mir unbekannter Adresse aus einem Land in Europa an meinem Arbeitsplatz geöffnet hatte.

Vielleicht wäre es für die Hilfesuchenden und mich letztlich besser gewesen, wenn ich die Post nicht geöffnet, sondern gleich gelöscht hätte – und alle weiteren Mails ebenso, die womöglich mit selbiger Absenderadresse folgten. Ich tat es jedoch nicht, und so nahm die Geschichte ihren verhängnisvollen Lauf. Der weitere Inhalt des Elektrobriefes mit der Bitte um meine Unterstützung weckte nämlich meinen Forschergeist an der dargelegten Schwierigkeit nachhaltig. Christine trug mir damit unumwunden ihr Problem mit ihrem Lebensgefährten Frank vor, zu dessen Lösung sie mich als teils verwandten und gewandten Spezialisten sozusagen auserkoren hatten.

Ich überantwortete meine Geschichte mit den Leuten aus östlicher Übersee einem Schriftsteller aus Europa, der sich dazu bereit erklärt hatte, sie unter seinem Namen und in seiner Muttersprache veröffentlichen zu lassen. Sie sollte meiner Ansicht nach als Erstes dort herausgebracht werden, wo sie ihren verhängnisvollen Anfang nahm. Den Kontakt zu jenem deutschen Schreiber nahm ich anonym per E-Mail aus einem Internetcafé über seine Homepage auf und erhielt ihn so von verschiedenen Cafés aus aufrecht, bis das Manuskript zu unserer Story fertig war.

Ich, als Ursprungserzähler sozusagen, übermittle Ihnen diese Geschichte zu meiner seelischen Entlastung, nachdem ich ihre angeblich ganze Wahrheit erfahren habe. So sollen Sie die Wirklichkeit über ein bisher verborgenes Weltereignis kennenlernen, das mir persönlich letztlich sehr naheging und das mich bis heute existenziell berührt. Bilden Sie sich selbst ein Urteil über das Drama, das Frank und Christine im frühen 21. Jahrhundert unter meiner Mitwirkung zur Aufführung brachten. Es handelt sich gleichsam um eine Tragikomödie aus der Welt der Wissenschaft, auf deren krimineller Bühne ich streckenweise bewusst mitwirkte, indem ich mich dazu versuchen ließ, einen Menschen zu klonen und es mir tatsächlich gelang, den Plan auszuführen.

In gewisser Weise träumte der Mensch ja immer schon von einem perfekten Leben und der Unsterblichkeit. Was früher eine jenseitige Angelegenheit war, eine Sache von Mythen und Religionen, ist in jüngster Zeit zu einer irdischen Verlockung der vordersten Wissenschaften geworden – zum Beispiel das Versprechen des Klonens von Menschen, das, soweit mir bekannt ist, durch meinen Einsatz an Wissen und Können erstmals einmal in problematischer Weise eingelöst wurde.

Ich habe die Namen der drei Protagonisten in dieser Erzählung bzw. Nacherzählung verfälscht und, was mich betrifft, im Dunkeln gelassen, um sie vor strafrechtlichen Konsequenzen zu schützen. Falls es der zuständigen Kripo aufgrund von Indizien wider Erwarten gelingen sollte, mich anhand der Veröffentlichung dieses Buches nachträglich ausfindig zu machen, wird ihr das nichts mehr nützen. Ich werde dann nämlich bereits alle Beweismittel, auch die E-Mails, die mir Christine hat zukommen lassen, vernichtet haben, und ich werde felsenfest behaupten, dass die folgende Geschichte eine reine Erfindung sei. Das habe ich Christine damals hoch und heilig versprochen, damit sie endlich mit der ganzen Wahrheit herausrücke, nachdem sie mich lange Zeit vorsorglich hinters Licht geführt hatte.

Ich meinerseits bin seit meiner Geburt US-Amerikaner. Seitdem lebe ich nicht mehr im Bauch meiner Mutter, sondern, wie die Redewendung sagt, im „Land der unbegrenzten Möglichkeiten". Gut vier Jahre bevor Christine aus dem „alten Europa" mit ihrer Bitte an mich herantrat, trat ich nach dem Studium mit Doktorhut eine Stelle als Grundlagenforscher auf dem innovativen Gebiet der Biotechnologie an – und zwar in einem großen Wirtschaftsunternehmen, das seine Produkte global spielend über den ganzen Erdball verbreitet. Innerhalb der Firma habe ich mich relativ schnell hochgearbeitet und mir darüber hinaus bereits eine internationale Anerkennung gentechnischer Spezialisten erarbeitet.

Meine Betriebs-E-Mail-Adresse hat Christine angeblich durch eine Recherche im Internet herausgefunden. Sie habe dazu bei Google meinen Vornamen, Nachnamen und Arbeitsbereich eingegeben, Angaben, die sie in Bezug auf mich von ihrem Lebensgefährten genannt bekommen habe.

Bevor ich mich auf die prekäre Geschichte mit den Hilfe-suchenden einließ, hatte ich tatsächlich festgestellt, dass ich einen bis dato unbekannten Verwandten namens Frank habe. Ich brachte das durch Nachforschungen zu meinem Stammbaum in Erfahrung, mit freundlicher Unterstützung meiner Eltern und noch lebender Großeltern. Davon, dass dieser Jemand mit Christine partnerschaftlich verbunden war, wusste sie mich durch ein Gemeinschaftsfoto per Anhang an jene erste E-Mail zu überzeugen.

Ich hatte es also seit jenem schicksalhaften Schlechtwettertag der Ankunft ihrer Post, wohl oder übel, unverlangt mit einem schwierigen Fall eines Cousins zweiten Grades, genauer des Sohnes einer Cousine meiner Mutter, und dessen Geliebter Christine zu tun, stellte ich mittels meiner Prüfung dazu fest. Ohne dass ich es ursprünglich von mir aus gewollt hätte, wurde ich sozusagen in ihre akute Krisensituation mit hineingezogen, aus der ich ihnen durch meine Wissenschaft und Technik heraushelfen sollte.

Nach dem einleitenden Verwandtschaftshinweis in ihrer ersten E-Mail an mich legte Christine mir ihre Partnerschaftsproblematik mit Frank folgendermaßen ans Herz: „Unsere Liebesbeziehung ist zurzeit schwer belastet, weil wir anscheinend keinen Nachwuchs miteinander bekommen können. Wir haben nämlich seit einiger Zeit den sehnlichsten Wunsch nach einem gemeinsamen Kind. Der Grund für unsere Kinderlosigkeit ist Franks Zeugungsunfähigkeit. Laut den Ärzten ist sein Körper offenbar nicht in der Lage, taugliches Sperma hervorzubringen. Weil es auf natürliche Art also nicht klappen kann, haben wir bereits alle anderen Möglichkeiten ausprobiert, um zu einem leiblichen Kind zu kommen. Leider blieben all diese Versuche vergeblich – auch die teure In-vitro-Tortur, die wir schon einige Male über uns haben ergehen lassen.

Eine Samenbank wollen wir nicht in Anspruch nehmen, um zu einem Kind zu kommen. Wenn, dann soll es von uns beiden sein und nicht nur halb von mir, geschweige denn ganz von anderen Eltern. Eine künstliche Befruchtung meinerseits durch einen anderen Mann oder eine Adoption kommt für uns nicht infrage. Aber es gibt in dem Fall doch noch eine andere Möglichkeit, um leiblichen Nachwuchs zu bekommen, und zwar den Ausweg, Frank zu klonen und den Klon durch mich austragen zu lassen.

Da bei uns die Fortpflanzung weder auf natürlichem Wege noch künstlich gelingt, sollte in ausgleichender Gerechtigkeit wenigstens gentechnisch eine künstliche Vermehrung glücken. Würden Sie Frank durch mich klonen, könnten wir doch gemeinsam ein zu 100 Prozent leibliches Kind in die Welt setzen. Frank würde dabei gern das Erbgut stiften, und ich könnte dabei schließlich die nötigen Eizellen und die Gebärmutter zur Verfügung stellen – zur Entstehung eines neuen Lebens aus eigen Fleisch und Blut.

Es wäre uns eine große Freude, wenn Sie sich dazu bereit erklären würden, das mit uns auszuprobieren. Einen Versuch wäre es doch wert. Sie könnten Menschen damit aus ihrer Not befreien. Sie sind unseres Wissens schließlich ein Spezialist auf dem Gebiet der Gentechnik, der es schaffen könnte, einen Menschen zu klonen. Wir würden Sie angemessen dafür bezahlen, wenn Sie das Experiment mit uns durchführen würden."

So weit, so gut oder vielmehr schlecht zur problematischen Ausgangslage meiner Geschichte mit den teils verwandten Leuten aus östlicher Übersee. Wie so viele gehören sie demnach heute im Verhältnis von etwa eins zu sieben zu den Paaren, die eklatante Zeugungsprobleme haben; zumindest in der westlichen Hemisphäre. Gegenwärtig liegt es bei nahezu der Hälfte aller Paare, deren Wunsch nach einem Kind unerfüllt bleibt, an kleineren oder größeren Störungen der männlichen Fruchtbarkeit. Schließlich hat sich bei Franks Geschlecht innerhalb der vergangenen 50 Jahre die Spermiendichte in der Samenflüssigkeit durchschnittlich halbiert, aus welchen Umweltgründen auch immer.

Ich druckte mir Christines heikle Erst-Mail aus, um sie mit nach Hause nehmen zu können, und löschte sie vorsichtshalber gleich danach aus meinem beruflichen E-Mail-Postfach. Christine hatte ihre Notlage mit Freund Frank und ihre Bitte um meine Hilfe kurz und bündig dargelegt. Nun lag es seinerzeit an mir, eine klare und deutliche Antwort darauf zu geben, wenn ich überhaupt eine Entscheidung dazu übermitteln wollte. Ich wollte, denn das war ich den Hilfesuchenden meines Erachtens schuldig, auch wenn die Entscheidung negativ ausgefallen wäre. Sie war allerdings nicht leicht zu fällen, wie Sie sich wahrscheinlich vorstellen können. Wenn nicht, dann empfehle ich Ihnen meine damalige Abwägung zum Fall. Ansonsten können Sie die folgenden knapp fünf Seiten der Erzählung vermutlich auch überspringen, ohne den Faden in ihr beim Lesen zu verlieren.

Zu Anfang der Überlegung stellte ich erst einmal fest, dass Frank und Christine tatsächlich in einer ziemlich schlechten Beziehungslage waren, wenn es stimmte, was Letztere mir bündig beschrieben hat. Aber warum sollte ich daran zweifeln? Ich hatte keinen Grund dazu! Vermöge meiner Einfühlung konnte ich gut nachempfinden, dass ein Liebespaar quasi zum äußersten Mittel greifen würde, wenn sein heftiger Wunsch nach einem Kind aus eigen Fleisch und Blut anderweitig unerfüllt blieb; d. h., wenn Mann und Frau wirklich schon alle anderen Möglichkeiten zu ihrem Fall ausgeschöpft hatten, wessen ich mich per Telefonat mit Christine versicherte.

Freilich wäre auch die Befruchtung Christines durch einen wildfremden Mann über die Vermittlung einer Samenbank keine wirklich befriedigende, sondern nur eine halbseidene Lösung des anstehenden Problems gewesen. Abgesehen davon ist es allgemein sehr schwierig, ein Kind zur Adoption zugesprochen zu bekommen. Für weniger als zehn Prozent sich bewerbender Paare stehen dazu bekanntlich freigegebene Kinder zur Verfügung.

Eine Lösung des Problems, die das Kinderwunschpaar annehmbar fand, war eben die Herstellung eines embryonalen Klons von Frank, der durch den Leib Christines ausgetragen und gesund geboren werden sollte. Falls es mir in ihrem Fall tatsächlich gelingen würde, einen Menschen embryonal zu klonen und fruchtbar einzusetzen, könnte ich leidende Zeitgenossen, die mich darum baten, schließlich aus ihrer Notlage befreien helfen. Mein mögliches Klonprojekt mit Christine und Frank stand, so gesehen, nicht im Gegensatz zu einer moralisch guten Tat, wenn es erfolgreich verliefe und ihnen dadurch sozusagen ein kerngesundes Kind geschenkt würde. Ich würde dabei zwar Aborte, das heißt das Ableben von Embryonen, in Kauf nehmen, aber diese wären noch keine denk- oder leidensfähigen Wesen, sondern lediglich kleine Anhäufungen menschlicher Zellen ohne Gefühl, geschweige denn Seele. Als leidensfähiges menschliches Wesen betrachte ich erst den sogenannten „Fötus" eines werdenden Kindes nach drei Monaten des Aufenthalts im Uterus einer schwangeren Frau, bei dem sich ansatzweise bekanntlich schon ein Zentralnervensystem gebildet hat.

Einen Klonversuch mit jenen Klienten war es demnach alles in allem wert. Wenn es, wie zu erwarten, nichts geworden wäre mit dem Klon, dann hätten wir es wenigstens ausprobiert. Ich hatte seinerzeit zwar noch keine Praxiserfahrung mit dem Klonen von Menschen, im Falle eines Säugetieres jedoch war ich schon ausgewiesener Klon-Spezialist. Es war bereits ein Weilchen her, dass es mir (unter dem Beifall versammelter Kollegen) schon beim zweiten Versuchsablauf gelungen war, ein lebensfähiges und leistungsstarkes Rind zu klonen – und zwar nachdem ich mich im Auftrag meiner Firma – flexibel, wie ich bin – von der gentechnischen Optimierung von Pflanzen auf diejenige von Tieren verlegt hatte.

Damals, nach dem Eintritt Christines in mein Leben, sollte ich mich des Weiteren also auf den Menschen verlegen, um ein Exemplar davon kinderwunschgemäß zu klonen. Das war bis dato meines Wissens noch keinem Fachmann (bzw. keiner Fachfrau) gelungen. Es preschten zu jener Zeit zwar immer wieder Wissenschaftler auf dem Gebiet der Reproduktionsmedizin hervor, die behaupteten, in naher Zukunft einen Klonmenschen auf die Welt bringen zu können, bis jetzt sind sie aber jeden Beweis dafür schuldig geblieben.

Allerdings hat man unlängst nach vielen vergeblichen Versuchen, einen Rhesusaffen zu klonen, angeblich tatsächlich Erfolg damit gehabt. Kurz zuvor war man schon drauf und dran gewesen, dieses Projekt als gescheitert aufzugeben. Man hatte resigniert geglaubt, dass beim reproduktiven Klonen von Primaten mittels Hautzellkernen und entkernten Eizellen der Chromosomensatz in den fusionierten Zellbestandteilen zur weiteren Zellteilung nicht ohne Missverständnisse gelesen werden könne. 1997 war es zwar bereits gelungen, zwei Rhesusäffchen klontechnisch zu erschaffen, wobei jedoch nicht Zellkerne von Körperzellen reifer Tiere mit entkernten Eizellen zusammengebracht worden waren, sondern Letztere mit frischen Embryozellen, die man durch In-vitro-Fertilisation gewonnen hatte. Diese Methode möglichen Klonens kam im Falle von Frank und Christine freilich nicht infrage, denn sie hatten jene künstliche Befruchtungsart außerhalb des Körpers ja schon des Öfteren erfolglos mit sich ausprobieren lassen, wie mir mitgeteilt wurde. Wäre sie geglückt, hätte man logischerweise gleich mit dem embryonalen Produkt der künstlichen In-vitro-Befruchtung die erhoffte Schwangerschaft bewirken können.

Ich redete mir seinerzeit zu, dass es sich in meinem Klonversuchsfall mit dem Menschen eventuell so wie bei jenem erfolgreichen Experiment mit den Rhesusaffen verhalten könnte, da Mensch und Affe erdgeschichtlich ja eng verwandt sind. Wenn mit dem Affen ein Klon per Dolly-Methode erzeugt werden konnte, warum sollte es dann denn nicht auch mit dem sehr gen-ähnlichen Menschen möglich sein?

Die ethisch-rechtlichen Bedenken, was das Klonen angeht, schlug ich mir vor allem (wie schon aufgeworfen) mit der Entgegnung aus dem Kopf, dass ich bei gutem Gelingen meines geplanten Projektes Menschen aus ihrer Notlage helfen und folglich Leiden lindern könne. Was kümmerten mich da nationalstaatliche Verbote des reproduktiven Klonens oder klonschwarzmalende Globalresolutionen etwa der *World Health Organization* im Interesse der „Menschlichkeit"? Im Interesse der „Tierlichkeit" müsste man gerechterweise entsprechend auch alle leidensfähigen Lebewesen aus der Tierwelt umfassend vor der moralisch denunzierten Klontechnik schützen.

Tendenziell wurde bisher noch jede neue Technik anfangs auch als gefährliches Machwerk verteufelt, bis ihre Vorteile für das menschliche Leben allgemein anerkannt wurden, wusste ich mir damals gewissensberuhigend in Erinnerung zu rufen. Mit der gesellschaftlichen Etablierung neuer Technologien muss es freilich immer irgendwann erste Zeit für die praktische Umsetzung sein, auch wenn aktuell die damit verbundenen Risiken in der Folge nicht genau abgeschätzt werden können. Versuche, menschliche Embryonen zur Erforschung genetisch bedingter Krankheiten und zur Zellenspende therapeutisch zu klonen, sind in einigen Ländern immerhin schon gang und gäbe; und zwar in der Absicht, diese Klone medikamentös erfolgreich zu behandeln bzw. als körpereigenes Transplantationsgewebe heranzuzüchten, das voraussichtlich nicht abgestoßen wird.

Von einem menschlichen Wesen mit potenzieller Schmerzempfindung und also Schutzanspruch kann man meiner Ansicht nach (wie gesagt) frühestens im Namen des Fötus nach zwölfwöchiger Schwangerschaft reden, da die Nervenstränge begonnen haben, sich zentral zu organisieren; auf jeden Fall aber nicht schon vor der Verpflanzung des Embryos in den mütterlichen Uterus. Meine Versuche zur Herstellung eines Klons aus Franks Körperzellen und Christines Eizellen haben, so betrachtet, nichts mit einer Verletzung der Menschenwürde zu tun.

Zudem würde ich mit meiner Methode des reproduktiven Klonens kein bedenkliches Embryosplitting betreiben, wie es beim sozial eher akzeptierten Klonen in therapeutischer Absicht üblicherweise geschieht. Für die Stammzellenforschung werden dabei nämlich bereits entstandene, künstlich erzeugte Embryonen bis zur dritten Zellteilung (mithin bis zur Heranreifung, bestehend aus acht totipotenten Zellen, die sich als solche zu allen möglichen Körperzellen ausdifferenzieren können) mechanisch wieder in ihre Einzelzellen zerlegt. Zur möglichen Heilung von Krankheiten wie Alzheimer, Parkinson oder Diabetes wird dann weiter damit herumexperimentiert; und zwar beispielsweise in der Hoffnung, irgendwann gezielt herangezüchtete Stammzellen in kranke menschliche Körper transplantieren zu können, welche die Bildung von gesundem, mitunter lebensnotwendigem Ersatzgewebe bewerkstelligen sollen.

Gemäß den vorangegangenen Überlegungen habe ich mir meine Entscheidung zu Christines Bitte um meine Hilfe nicht unbedingt leicht gemacht. Mein Forschergeist war aber wohl letztendlich zu groß, als dass ich ihr meine experimentelle Verwandtschaftshilfe zum Glück mit Frank hätte verweigern können. Bei den 50 Milliarden Menschen, die bis dato schätzungsweise die Erde bevölkerten, wollte ich der Erste sein, der da einem notgelagerten Artgenossen technisch die Möglichkeit verschaffte, sich trotz Unfruchtbarkeit genetisch an die nächste Generation weiterzugeben. Eine gewisse Herausforderung des Schicksals war Franks geringe Chance, erblicher Vater werden zu können, schließlich wert.

Nur aus dem Gefühl sippschaftlicher Loyalität heraus hätte ich mich dem existenziellen Problem der Hilfesuchenden bestimmt nicht angenommen, geneigte Leserinnen und Leser. Seine mögliche Lösung forderte mich damals als etablierten Gentechniker in der Praxis, der sich einen weithin bekannten Namen machen wollte, jedoch dermaßen heraus, dass ich die ethischen Bedenken in puncto letztlich leicht zu relativieren wusste und Christine meinen Beistand versprach. Die Finanzierung des wissenschaftlichen Projektes zu ihrer und Franks Hilfe, das ich unbemerkt neben meiner gewohnten Arbeit durchführte, stellte keine Schwierigkeit dar, denn sie waren vermögend. Sie hatten offenbar viel Geld auf der hohen Kante. Wie sie das tatsächlich verdienten, wusste ich seinerzeit noch nicht. Ich wusste es nicht wie so vieles, was mir Christine zu Beginn unserer Bekanntschaft wohlüberlegt verschwiegen hatte, um meine ersuchte Unterstützung als pragmatisch gewieften Naturwissenschaftler nicht unnötig zu gefährden. Denn wenn ich es von Anfang an gewusst hätte, wäre ich wahrscheinlich nicht auf ihre Nachfrage meiner biotechnologischen Fähigkeiten eingegangen.

Zu meiner Irreführung erwähnte Christine in ihrer zweiten E-Mail an mich, dass sie mit Frank durch einen gemeinschaftlichen Lottogewinn ein beachtliches Vermögen mittels guter Anlage des Geldes habe anhäufen können. Die Bezahlung meines Projektes zu ihrer Lebenshilfe sei also gesichert, auch wenn es recht teuer werde. Ehrlich gesagt, war es mir damals als ambitioniertem Molekularbiologen zunehmend egal, woher sie die Mittel zur Entlohnung des gewagten Unternehmens bezogen, das ich zur Lösung ihres Problems plante und durchführte. Es begann mich nämlich rein von wissenschaftlicher Seite her mehr und mehr in den Bann zu ziehen, wie ich rückblickend behaupten zu können glaube. Das soll zu meiner Verteidigung nicht verschwiegen werden, gnädige Leserinnen und Leser, falls Sie mich nach der Lektüre dieser Geschichte auf die Anklagebank setzen möchten.

Nachdem Christine mit ihrer Bitte um meine Hilfe aus ihrer Notlage mit Frank postalisch an mich herangetreten war, habe ich mich nach einiger Überlegung also dazu entschlossen, einmal ihr Glück zu versuchen und ihnen gemäß meiner wissenschaftlichen und technischen Erfahrung beizustehen; aber nur unter der Voraussetzung, dass sich das kinderwünschende Paar gewichtige Bedenken zu seinem Fall eingehend durch die Köpfe gehen lasse. Erst danach sollten Frank und Christine gemeinsam darüber entscheiden, ob sie die Risiken, die mit einer Klon-Schwangerschaft verbunden sind, tatsächlich eingehen wollten.

Nachdem ich Christine das Versprechen abgerungen hatte, dass sie alle E-Mails meinerseits an sie löschen werde, nachdem sie sie gelesen hatte, schickte ich ihr also nachstehende Zeilen auf elektronischem Weg:

„ … (übliche Anrede)

… (grundsätzliche Bereitschaftserklärung zum Klonen)

Aber bitte bedenkt Folgendes gut zu diesem Wagnis: Der Mensch ist nach dem heutigen Stand der Forschung reproduktiv noch nicht als Lebendgeburt zu klonen. Zumindest ist mir kein Fall bekannt, bei dem Versuche dazu erfolgreich gewesen wären. Wenn es wider Erwarten gelingen sollte, einen Menschen wie etwa Frank zu klonen, dann wären im Hinblick auf Fälle mit Tieren – wegen fehlerhafter genetischer Reprogrammierung – Lebensrisiken wie erhöhte Sterblichkeit bei Neugeborenen zu erwarten; etwa aufgrund organischer Fehlbildungen oder leistungsschwacher Immunsysteme.

Zu Ihrer Vorinformation sollten Sie und Ihr Lebensgefährte zudem wissen, dass beim reproduktiven Klonen höherer Organismen normalerweise, angesichts der circa 25 000 aktiven Gene, die ein menschliches Genom enthält, kein hundertprozentig identisches Lebewesen entsteht. Und zwar deshalb, weil die sogenannten ‚Mitochondrien' der Eizelle, die zwar in erster Linie der Energiegewinnung der Zelle dienen, jedoch auch minimal über eigene Erbinformationen verfügen, beim Klonen genetisch nicht getilgt werden, falls die Eizelle tatsächlich durch den Zellkern, sprich den Nukleus, befruchtet wird und sich embryonal zu teilen beginnt. Es sei denn, eine entkernte, also ihres genetischen Materials beraubte, Eizelle Christines beispielsweise würde durch einen Zellkern ihrer körpereigenen Zellen befruchtet. Eine wirklich vollständige genetische Übereinstimmung von Klon und Geklontem lässt sich bei der klontechnischen Reproduktion prinzipiell nur dann erreichen, wenn dasselbe Lebewesen dabei sowohl die Eizelle als auch den Zellkern spendet.

Aber das kommt bei der angestrebten Vermehrung nicht infrage, da, wenn ich es richtig verstanden habe, beide Geschlechtspartner auf Zellebene für eine erbliche Nachkommenschaft etwas beisteuern wollen. Diesbezüglich können Sie, liebe Christine, bei leihmutterschaftlicher Austragung eines geklonten Embryos mit der genetischen Ausstattung Franks, die DNA-gespeichert in jeder seiner Zellen vorliegt, zu einem geringen Prozentsatz (im Verhältnis von 37 zu 50 000, um wissenschaftlich genau zu sein) tatsächlich so etwas wie die sogenannte leibliche Mutter des dadurch geborenen Kindes sein. Dieser Umstand aber ist umso besser im Hinblick auf den Wunsch nach einem erblichen Nachwuchs aus geteiltem Fleisch und Blut. Dank der Mitochondrien in Ihren Keimzellen, Christine, ist Franks eventuelle genetische Reproduktion durch Sie nicht vollkommen identisch mit der erblichen Vorlage, sondern würde voraussichtlich auch etwas von Ihnen haben, wenn auch nur sehr wenig."

Das Letztere zu lesen, freute Christine freilich, wie sie mir postwendend elektronisch mitteilte. Sie versicherte mir zudem, dass es Frank kinderwunschgemäß schließlich gar nicht um ein lebendes Duplikat seiner selbst gehe, sondern dass er ursprünglich nur eine normale Vaterschaft mit ihr als zukünftiger Mutter begehrte, bei der wie gewohnt eben nur ein halber, zufällig bereitgestellter Chromosomensatz an Genen weitergegeben wird. Aber dies sei wegen der kläglichen Qualität seiner Spermien schlechterdings nicht zu verwirklichen. Also müsste noch eine alternative Möglichkeit ausgeschöpft werden, wolle man das Vermehrungsziel einer leiblichen Nachkommenschaft bis zur letzten Konsequenz verfolgen.

Mit der Vorstellung seiner klontechnischen Reproduktion, so dachte ich mich seinerzeit in Frank hinein, sah er in mir offenbar quasi einen potenziellen Retter seiner Anlagen über seine Lebenszeit hinaus. Nüchtern betrachtet, kann man ihm das ja nicht verübeln, denn welches Mannsbild will sein vermeintlich vorzügliches Erbgut denn nicht vorsorglich zum guten Überleben unserer Art seiner Um- und Nachwelt vermachen? Im „Survival of the Fittest" kann sich bei dem Fortpflanzungsverhalten unserer Spezies doch gemeinhin noch der scheinbar Geringste positiv angesprochen fühlen, sich genetisch weiterzugeben.

Zudem geht es in der Natur vermehrungstechnisch offenbar nicht ganz gerecht zu, wenn bei mancher Flora und Fauna das Klonen von Generation zu Generation funktioniert, beim Menschen aber prinzipiell nicht. Warum sollte man da der Natur denn nicht künstlich auf die Sprünge helfen dürfen? Der Ausdruck „Klon" besagt auf Griechisch doch nicht nur „Zweig", sondern ausdrücklich auch „Schößling". Auf pflanzlicher Ebene, beispielsweise im Weinbau, verfolgt man schließlich schon lange erfolgreich das Klonen erzüchteter Rebsorten, die menschlichen Bedürfnissen am besten entsprechen. Auf den Homo sapiens übertragen, könnte man auf klontechnische Weise bei der Vermehrung die so genannte „Meiose" ausschalten, das heißt die genetische Keimzellteilung bei Ei- und Samenzelle im Falle der Befruchtung; und zwar um unvorhersehbares Leben zu verhindern, das aus der Zygote (d. i. die befruchtete Eizelle mit zufällig zusammengefügtem Chromosomensatz aus zwei halben zu je 23 Chromosomen) per erbliche Rekombination normalerweise entsteht. Mit dem Klonen vorzüglicher Menschen wäre es demnach auch unsere Art betreffend möglich, generative Risiken auszuschließen.

Frank ist zwar kein europäisches Genie wie Michelangelo, Shakespeare, Mozart oder Einstein solche waren, aber warum sollte er seine letzte Chance, einen leiblichen Nachkommen in die Welt zu setzen, denn nicht über die Option des Klonens ergreifen wollen? Vor dem Hintergrund ihres absonderlichen Kinderwunsches habe Christine im Einklang mit Frank und auf seine Initiative hin autodidaktisch damit begonnen, sich „Kenntnisse über die Sachlage des Klonens anzueignen"; und zwar „mittels allgemein verständlicher Schriften zur Problematik des therapeutischen und reproduktiven Klonens." Neben eindringlichen (mitunter bildlichen) Darstellungen dieser ethisch bedenklichen Techniken hätte sich in den Texten auch eine Vielzahl an Verweisen auf Nachrichten aus aller Welt über ihre aktuellen Entwicklungen und rechtlichen Beurteilungen befunden. Obwohl darin die Misserfolge die Erfolge und die Verbote die Gebote offenbar überwogen und der Mensch demnach trotz vieler Versuche noch nicht erfolgreich heranwachsend geklont werden konnte, ließ sich das Kinderwunschpaar von der Hoffnung nicht abbringen, dass es in ihrem Notfall möglicherweise klappen könnte. „Mäuse, Ratten, Kaninchen, Katzen, Hunde, Schafe, Ziegen, Schweine, Rinder, Maultiere, Pferde; ja, sogar Wildtiere wie der Wolf oder der Rhesusaffe" seien ihren Informationen zufolge nach der glorreichen 1996er-Erscheinung des bekanntesten aller Schafe, namentlich „Dolly", schon als lebensfähige Wesen der Klasse der Säugetiere durch den sogenannten Zellkerntransfer klontechnisch vermehrt worden. Warum sollte es denn dann nicht auch mit einem Exemplar der Spezies Mensch gelingen? Diese sei nach der Evolutionslehre schließlich auch nur ein Säuger, der innerhalb der Entwicklung des Lebens auf Erden stehe und keine unmittelbare Erschaffung durch Gottes Hand.

Und in der Tat: Der Mensch ist, neurobiologisch gesehen, zwar das komplexeste aller irdischen Lebewesen, bei all seiner geistigen Raffinesse jedoch in seiner Genese ebenfalls auf seine körperlichen Grundlagen, die Gene, angewiesen. Außerdem sind die Genome von Mensch und Säugetier sehr ähnlich aufgebaut, im Vergleich zum Schimpansen gar zu 98,7 Prozent übereinstimmend und in der Gegenüberstellung zur Maus immerhin noch zu circa 80 Prozent gleich.

Nachdem ich mich für die Fortpflanzungsunterstützung von Frank und Christine entschieden hatte, sprach ich telefonisch mit ihr ab, wie wir das Wagnis mit dem Klonen Franks von vornherein am besten einzugehen hätten. Ich forderte Christine auf, sie solle mit Frank zu mir in die USA kommen, damit ich ihnen beiden notweniges Vermehrungsmaterial direkt entnehmen könne.

Christine, die angeblich gerade alleine zu Hause in ihrer gemeinsamen Wohnung mit Frank war, entgegnete mir darauf, dass das schlecht ginge, denn dieser habe erwiesenermaßen eine panische Angst vor Flug- und Schiffsreisen. Und zu Lande fühle er sich nicht mal bei Fahrten mit der Eisenbahn geborgen, sondern nur in den Wänden seines geliebten Autos, vorausgesetzt, er steuere es persönlich. In Sachen Transport sei er eben ein Sicherheitsfanatiker und traue keinem anderen außer sich selbst ganz über den Weg. Der Kasus ist mir damals etwas merkwürdig vorgekommen, liebe Leserinnen und Leser. Ich hakte diesbezüglich aber nicht weiter nach, da sich dieses Problem in Bezug auf das anvisierte Klonprojekt relativ einfach lösen ließ.

Ich wies Christine an, sie solle doch alleine zu mir in die Staaten kommen.

„Bringen Sie einfach etwas Versuchsgewebe von Frank zum Klonen mit. Trennen Sie dazu kurz vor Ihrem Abflug ein Stückchen Haut von seinem Körper ab, z. B. am Oberarm oder am Gesäß. Dann geben Sie es bitte in eine kleine Gewebekulturflasche, die Sie vorher mit Nährmedium gefüllt haben. Durch diese Kultivierung können die Zellen nämlich über einige Zeit hinweg am Leben erhalten werden."

„Und woher bekomme ich die Flasche und ein solches Medium?"

„Ich werde Ihnen die Sachen von meinem Arbeitsplatz aus zuschicken; mit bekanntem Firmenlogo auf dem Päckchen, deklariert als besondere Lieferung eines US-amerikanischen Molekularbiologen an eine vertraute Kollegin in kontinentaler Übersee zum wissenschaftlichen Forschen damit."

„Okay, hoffentlich bekomme ich die Mischung richtig hin!"

Ich beruhigte Christine auf ihre Bedenken hin mit der Versicherung, dass ich Anweisungen zum speziellen Einmachen des Hautfetzens geben werde, wenn es an der Zeit sei. Dazu solle sie mich anrufen, sobald das Behältnis und die Stoffe für die Nährlösung heil bei ihr angekommen seien. Alles in allem war die Mixtur auch von einem Laien wie Christine relativ leicht herzustellen, wenn man sich gemäß Anleitung einigermaßen geschickt anstellte. Hinsichtlich ihres Besuches bei mir konnten wir auf diese Weise Franks Körperzellhäufchen ohne großen technischen Aufwand für den Überflug aufbereiten, sodass die Zellen dabei unversehrt blieben.

Ich hatte dazu eine Kulturflasche gewählt, die nicht mehr als 100 ml Flüssigkeit fasste, sodass Christine Franks Hautgewebe darin während ihrer Reise zu mir unauffällig im Handgepäck mitführen könnte. Bei der Übergabe nach ihrer Ankunft am hiesigen Flughafen nahm ich allerdings erstaunt zur Kenntnis, dass sie das Kunststofffläschchen aus Sicherheitsgründen – d. h. aufgrund ihres Wissens um die verschärften US-amerikanischen Einreise- und Kontrollbestimmungen zwecks Terrorgefahr im Zusammenhang mit dem 11. September – streckenweise in ihrer Scheide verstaut hatte. Sie hatte vorsorglich gut daran getan, denn es hatte die Möglichkeit bestanden, dass der Inhalt des in der Form etwas befremdlichen Gewebekulturfläschchens bei der Durchsicht des Handgepäcks als explosiver Stoff in Betracht gezogen und infolgedessen aus dem Flugverkehr gezogen worden wäre; womöglich samt Besitzerin in akuter Erklärungsnot. Aber auf ihre spitzfindige Weise hatte die Frau das zu klonende Erbgut bei Gefahr gleichsam inkognito am Mann, sodass es beim Einchecken und Auschecken kein Aufsehen erregen konnte; nicht einmal bezüglich der neuen Körperscanner, denn die clevere Christine deckte das Fläschchen in ihrer Vagina zusätzlich durch ein auf Körpertemperatur angewärmtes Stück Rohfleisch in ihrem Slip ab, um ganz sicher gehen zu können.

Meine Aufgabe war es des Weiteren, Franks Körperzellen nach der Überbringung bestmöglich gegen Licht, Temperatur und Sauerstoff abzuschirmen, sodass sie dauerhaft resistent gegen ihren natürlichen Verfall wurden. Dies tat ich auf die professionelle Weise der sogenannten „Kryokonservierung", was konkret heißt, dass das Stückchen Zellgewebe in flüssigem Stickstoff bei fast minus 200 Grad schockartig eingefroren wurde. Mittels dieser Technik ist gewährleistet, dass die Struktur der betreffenden Zellen bis zur geplanten Einbringung einiger ihrer Zellkerne in die betreffenden Eizellen erhalten bleibt. Analog hierzu verfährt einer meiner Kollegen mit Hautfetzen von weit entfernt lebenden Tieren zum Klonen – allerdings offiziell unter der Schirmherrschaft meines Arbeitgebers. „Die geeignetsten Versuchszellen zur Befruchtung entkernter Eizellen beim Klonen von Säugern sind eben welche aus der Haut des zu klonenden Lebewesens", habe ich Christine damals auch sachverständig mitgeteilt, nachdem sie mich durch ihre partnerschaftliche Leidensgeschichte erweicht und meine Hilfszusage erhalten hatte.

Erst später, als Christine aus Verzweiflung mit der ganzen Wahrheit ihrer Klonvorgeschichte mit Frank herausrückte, erfuhr ich unter anderem, dass sie bereits vor der Kontaktaufnahme mit mir (mehr oder weniger gut informiert, wie sie und ihr Lebensgefährte waren) Versuchsgewebe von ihm für spätere Zwecke vermeintlich konsistenzsicher verwahrt hatte, und zwar durch die konventionelle Methode des Tiefkühlens von Hausmannskost. Dazu hatte sie eines der neuartigen Vakuum-fresh-Systeme genutzt, mittels derer Lebensmittel, insbesondere Fleisch, ziemlich lange ohne Verderb in einem Vakuumbehälter in dunkler Tiefkühltruhe deponiert werden können. Als Ersatz für die Truhe hatte Christine seinerzeit beizeiten (d. h. für den Flug zu mir nach Übersee) eine leistungsstarke, aber unauffällige Kühlbox besorgen wollen, um in dieser den Vakuumbehälter, einbehalten mit Franks Hautgewebe, unter anderen Sachen zu verstauen. So, hatte sie gemeint, könne es verwesungstechnisch nicht groß angegriffen werden und möglichst frisch bleiben – zur weiteren Verwendung von darin befindlichen Zellen.

Eine Wahrscheinlichkeit, dass sie auf diese Weise strukturell lange erhalten blieben und später beim Abkühlen nicht kaputtgingen, bestünde so vermutlich zwar auch. Aber in unserem speziellen Fall des geplanten Klonens wollte ich kein unnötig hohes Risiko eingehen, weder einmach- noch kontrolltechnisch, um beim ersten Anlauf gleich an experimentell einwandfreies Zellmaterial von Frank zu kommen. Demzufolge hatte Christine für unser Unternehmen ein weiteres Mal Versuchsgewebe von Frank zu entnehmen und für den Flug zu mir laut meiner Anleitung in der zugesandten Gewebekulturflasche mittels der Stoffe für die Nährlösung aufzubereiten, bevor ich es bei mir nach dem Überflug technisch aufwendiger in einem Kryobehälter konservieren würde.

Später, bei Kundgabe der ganzen Wahrheit, gestand Christine mir zu meinem Entsetzen Folgendes betreffs Gewebeentnahme von Frank: „Nachdem ich damals Kontakt mit Ihnen aufgenommen hatte und bevor ich zu Ihnen zwecks Klonens in die USA reiste, musste ich Frank im Gefängnis besuchen, um frische Körperzellen von ihm herausschmuggeln zu können. Mein Freund war zu jener Zeit nämlich schon eingesperrt gewesen. Ich habe Ihnen das verschwiegen, weil Sie uns sonst sicher nicht geholfen hätten."

Ich hatte mich vordem schon ein wenig gewundert, weshalb Christine die heikle Befruchtungsgeschichte mit Frank, zu ermöglichen durch mich, alleine eingefädelt hatte. Von ihm, dem entfernten Verwandten, bekam ich ja nie direkt etwas zu hören oder zu lesen, weder durch ein Telefonat noch durch eine Post, welcher Art auch immer. Ich hakte diesbezüglich indes nicht weiter nach, eingedenk der Tatsache, dass Frauen in kommunikativer Hinsicht oft wesentlich geschickter im Umgang sind als Männer. Darüber hinaus hatte Frank vermutlich einen Komplex, unmittelbar mit mir in Verbindung zu treten, denn es lag nach medizinischer Begutachtung an etwas Defektem seinerseits, weshalb Christine auf natürliche Art (d. h. genauer: auf normal oder künstlich befruchtende Weise) nicht von ihm schwanger werden konnte.

Sobald Christine seitens des Strafvollzuges als Lebensgefährtin des straffälligen Frank positiv geprüft worden war, wurde sie, trotz anfänglicher Skepsis, als seine beantragte Bezugsperson im Gefängnis besuchstechnisch zugelassen. Dadurch, dass sie schon auf freiem Fuß seine langjährige Geliebte gewesen war, kannte sie schließlich auch die schäbigen Seiten seines Charakters ziemlich gut und würde insofern nach seiner Verurteilung von außen vielleicht resozialisierend auf ihn einwirken können. Der zuständigen Kripo freilich war Christine von den Ermittlungen zum Kriminalfall „Frank NN" her schon länger bekannt gewesen. Als seine Lebenspartnerin war sie von der Polizei nach der Gefangennahme Franks selbstverständlich eine Zeit lang alltagsweltlich ausspioniert worden und hatte mehrmals bei Vernehmungen eindringlich jene Frage gestellt bekommen: „Wissen Sie oder können Sie sich vorstellen, wer Franks Komplize beim Raubüberfall auf den Geldtransporter war?"

Zu ihrem Selbstschutz hatte Christine in diesem Punkt standhaft dichthalten müssen. Das war ihr allerdings nicht schwergefallen, denn sie hatte glaubhaft lügen können. Im Rücken ein zugesichertes Alibi von einer vertrauenswürdigen Freundin im Falle des Falles, hatte Christine der Polizei auf ihre Hauptfrage sinngemäß wiederholt diese Antwort gegeben: „Frank hat sich des Öfteren mit einigen Zechkumpanen herumgetrieben, die da vielleicht in Betracht kommen. Ich selbst habe mit diesen Leuten aber nichts zu tun haben wollen und nichts zu tun gehabt. Ich kenne sie nicht. Wer der zweite Mann beim Überfall war, weiß ich nicht. Das weiß wahrscheinlich nur dieser Jemand selbst und Frank, ansonsten niemand."

Es war bei ihrem fünften Besuch Franks im Gefängnis, als es Christine gelang, unter den Augen einer zuständigen Aufsicht umhülltes Körperzellgewebe von ihm unauffällig nach ausgehecktem Besuchsplan zu übernehmen, den sie ihm beim vierten Besuch unbemerkt übergeben hatte. Übergabe und Übernahme führte sie beide Male mittels eines kurzen Zungenkusses zum Schluss des gesetzlich eingeräumten Verkehrs verbaler Natur durch. Sie musste dabei keine falschen Tatsachen vorspiegeln, denn sie liebte ihren Frank nach wie vor, wie sie mir in ihrer kriminellen Angelegenheit mit ihm bei der Preisgabe der ganzen Wahrheit zu verstehen gab.

Aus Franks Mund also kussgewandt in einer kleinen Plastikkapsel übernommen, verstaute sie das so geschützte Gewebe zwischen Zunge, Zähne und unteren Gaumen. Falls sie nach der Übernahme aufgrund von Verdachtsmomenten gründlich durchsucht worden wäre, hätte sie die Kapsel vorher einfach gefahrbewusst runtergeschluckt und bei einem der kommenden Stuhlgänge ausgeschieden. So hätte Christine es nach Plan beim nächsten Mal eben erneut mit einem unauffälligen Erhaschen experimentiertauglichen Zellmaterials versuchen müssen, denn bei einer zeitaufwendigen Schleusung durch ihren gesamten Verdauungskanal wäre der Stoff in der Kapsel vermutlich schlecht geworden; womöglich auch im Falle des schnellen Einsatzes eines Abführmittels ihrerseits.

Es musste indes zum Glück nicht so weit kommen. Wie gesagt, konnte Christine schon bei ihrem fünften Aufenthalt im Gefängnis, problemlos auf durchdachte Weise, vorbereitetes Hautgewebe von Frank zum Klonen übernehmen und unmittelbar danach kultivieren – laut Anleitung durch mich, der ich es planmäßig für den späteren Verwendungszweck kryokonservierte.

Letzteres war beileibe eine der wichtigsten Voraussetzungen für das zukünftige Gelingen unseres Klonvorhabens.

Denn analog zur Fähigkeit des Waldfrosches im Winter beispielsweise können Körperzellen durch die Methode der Kryokonservierung über einen langen Zeitraum hinweg in eine Art Kältestarre versetzt werden, in der alle biochemischen Stoffwechselvorgänge nahezu zum Stillstand kommen. Beim Auftauen allerdings werden diese normalerweise wieder vollständig reaktiviert.

Was nach Projektplan ausgedacht und vereinbart worden war, wurde so auch in die Tat umgesetzt. Christine kam, ausgegeben als gewöhnliche Touristin, so schnell wie möglich nach ihrem fünften Knastbesuch zur Zellübergabe in meiner Heimatstadt an, wohlbehalten samt Gebärmutter sozusagen und Franks Versuchsgewebe. Ihre äußere Erscheinung fand mein spontanes Gefallen, als ich sie vom Flughafen abholte. Aber Christine hatte mich nicht als Frau, sondern als potenzielle Austrägerin eines Klonkindes zu interessieren. Nur so viel sei zu ihrem Körper vorerst noch bemerkt, dass sie, gemessen an einem durchschnittlichen Exemplar des „schönen Geschlechts", von relativ großer Gestalt war bzw. ist.

Wir wählten den Zeitpunkt unserer Begegnung so, dass ich voraussichtlich etwa zehn Tage nach Christines Ankunft – gemäß ihrem zyklischen Eisprung – reife Eizellen aus ihrem Eileiter würde entnehmen können. Diese Dauer brauchte ich nämlich für ihre Hormonbehandlung zur Produktion nicht nur einer wie üblich, sondern mehrerer Eizellen bis zu ihrer ersten Empfängnisbereitschaft in den USA. Somit sollte unser beabsichtigtes Klonprojekt – finanziell abgesichert durch Christines Kreditkarte und Reiseschecks – relativ schnell in die Gänge kommen. Nach den Aufenthaltsbestimmungen für Touristen in den Vereinigten Staaten von Amerika kann man höchstens 90

Tage ohne Visum im Land bleiben. Die Zeit reicht rechnerisch aber zur Gewinnung vieler Versuchseizellen über mindestens drei hormonunterstützte Eisprünge Christines hinweg, um in der Vereinigung mit den betreffenden Versuchskernen Franks womöglich Embryonen zu ihrer Schwangerschaft zu bekommen.

Geschätzte Leserinnen und Leser, damals, als ich mit den Experimenten zur klontechnischen Befruchtung Christines begann, war mir noch nicht voll bewusst, in welch große Gefahren ich Eltern (vor allem die Mutter) und eventuelles Kind im Falle einer Schwangerschaft bringen könnte. Zwar ist das reproduktive Klonen von Menschen hier in den USA wie in den meisten europäischen Ländern bereits ausdrücklich verboten, aber es wurde gerade auch dort (Europa und USA), neben Asien, an diversen Orten bekanntlich schon mehrmals ohne Erfolg ausprobiert. Zur Besuchszeit Christines bei mir arbeiteten meines Wissens gerade die Chinesen engagiert an der massenhaften Klonung menschlicher Embryonen; allerdings zu rein medizinischen Zwecken der Stammzellenforschung, wie sie beteuerten.

Zudem soll es zu Beginn des Jahres 2008 US-amerikanischen Wissenschaftlern für diese Forschung tatsächlich gelungen sein, nach der Dolly-Methode (d. h. mittels Zellkerntransfer) menschliche Embryonen bis zum Blastozysten-Stadium herzustellen; und das bei nur 29 Transferversuchen adulter Hautzellkerne in entkernte Eizellen. Angeblich schleusten sie dazu die Zellkerne aus den Hautzellen von Männern in 29 entkernte Eizellen ein, die drei junge Frauen gespendet hatten, wobei fünf dieser bestückten Eizellen mit der DNA der männlichen Spender sich bis zu eben dieser frühen Embryonalstufe teilten

(Blastozysten-Stadium), auf der man bei in vitro herbeigeführten Befruchtungen üblicherweise den Embryo in die Gebärmutter der betreffenden Frau überführt.

Es sei demnach wohl nur noch eine Frage der Zeit, so dachte ich damals, bis sich ein eifriger Experte aufmachte, um erfolgreich den ersten lebenstüchtigen Menschen zu klonen. Und warum nicht, wie in meinem Fall, menschenfreundlich dadurch motiviert, einem zeugungsunfähigen Paar seinen Kinderwunsch zu erfüllen? Die genetischen Informationen unserer Art (Homo sapiens) hatten Wissenschaftler im Rahmen des so genannten „Humangenomprojektes" immerhin viel früher als geplant, nämlich bereits im Jahre 2003, vollständig entschlüsseln können. Anhand dieser Kenntnis sind wir Biologen bei zügig voranschreitender Forschung vielleicht bald schon in der Lage, sogar die funktionellen Mechanismen des menschlichen Körpers den dafür verantwortlichen Komplexen an Genen so gut zuzuordnen, dass in der Konsequenz das gezielte Klonen von gesunden Exemplaren auch unserer Spezies keine große Schwierigkeit mehr bedeutet.

Wie schon angedeutet, war ich als wissenschaftlicher Mitarbeiter von meinem Weltkonzern ursprünglich zwar nicht zum Klonen von Tieren oder gar Menschen berufen worden, gleichwohl aber zur gentechnischen Optimierung von Pflanzen. Aufgrund meines durchschlagenden Erfolges auf diesem Gebiet wurde ich jedoch auf das in unserem Unternehmen noch wenig versuchte Tier weiter verwiesen. Diesbezüglich war eine meiner größten Errungenschaften die genetisch künstliche Verbesserung eines Hormons von Rindern, das sie, regelmäßig in angemessenen Dosen verabreicht, etwas schneller und im Durchschnitt etwas größer wachsen ließ.

Aufgrund dessen war unser Abteilungsleiter seinerzeit auf die Idee gekommen, dass sich ein solchermaßen gesteigertes Vieh vielleicht auch transgen herstellen lasse; nämlich durch die Einschleusung meines Wachstumshormon-Gens direkt in den Zellkern einer befruchteten Rinder-Eizelle, die, embryonal im Glas herangezüchtet, von einer Kuh schließlich leihmutterschaftlich ausgetragen werden könne – und zwar zu dem Zweck, das Produkt – nachdem es erwartungsgemäß schnell und groß herangewachsen wäre –, wenn möglich, massenreproduktiv zu klonen. Auf diese Weise also hatte mittels Keimbahneingriffs ab unserer nächsten Generation an Versuchsrindern die Herstellung des genetisch optimierten Wachstumshormons zur Steigerung der Fleischproduktion landwirtschaftlich eingespart werden sollen.

Die praktische Umsetzung dieses ökonomisch vielversprechenden Einfalles ist mir zum Teil schon gelungen, denn analog zum Produktionsverfahren transgener Riesenmäuse oder -schweine ist mir unser hauseigenes Großrind in genmanipulierter Fabrikation nach vielen Proben dazu tatsächlich geglückt. Seine klontechnische Reproduktion durch Zellkerntransfer ist mir dann des Weiteren, wie bereits verkündet, mit dem zweiten experimentellen Verfahren dazu gelungen, wobei ich mich aufgrund erster Probleme mit den Leuten abgesprochen habe, die vorher schon Rinder in genetisch deckungsgleiche Vermehrfachung gebracht hatten. Ob mein geklontes Transgen-Rind ohne reguläre Verabreichung meines genetisch optimierten (und für meine Firma patentierten) Hormons tatsächlich rapider und massiver heranwachsen wird als ein normal gezeugtes, bleibt noch abzuwarten, denn es ist erst ein recht junges Ding. Ansonsten produziert und vertreibt mein global organisierter Arbeitgeber, bei dem ich bis heute beschäftigt bin, als Haupteinnahmequelle Saatgut von Pflanzen gentechnisch erwirkter Sorten und Chemikalien zur Intensivierung der Landwirtschaft.

Nach meinem teils schon erfolgreich durchgeführten „Gentech-Projekt" zur Wachstumssteigerung des Viehs arbeitete ich bei Christines Eintritt in mein Leben gerade mit einem Kollegen im Geschäft des sogenannten „Gene Pharming". Das heißt in unserem Fall, dass wir vorhatten, Kühe genmanipulativ so zu verändern, dass sie quasi als lebende Bioreaktoren wirken konnten; genauer: dass sie in die Lage versetzt werden sollten, mit ihrer in Massen produzierten Milch Fremdeiweiße auszuschütten, die zur Herstellung eines heilsamen Wirkstoffes von der Humanmedizin gebraucht werden.

Mein anspruchsvolles Fernziel darüber hinaus als ambitionierter Biotechnologe des frühen 21. Jahrhunderts ist die klontechnische Rettung des Eisbären vor dem gegenwärtigen Klimawandel. Die Zeit drängt, denn es gibt nur noch rund 20 000 Exemplare dieser eindrucksvollen Tiere auf dem Eis des Nordens, das der industriell bedingten Riesenschmelze unserer Tage noch nicht anheimgefallen ist. Ich habe in der Angelegenheit schon Kontakt mit dem Direktor des hiesigen Zoos aufgenommen, dessen Eisbärenpaar sich unter tiergärtnerischen Umständen partout nicht vermehren will.

Das Klonen zur Erhaltung von vom Aussterben bedrohter Tierarten hat das erste Mal schon 2001 funktioniert. Damals war es gelungen, einen der letzten sogenannten „Gaurs", also ein asiatisches Wildrind, klontechnisch per Zellkerntransfer zu reproduzieren, indem man einen Körperzellkern eines erwachsenen Gaurs mit einer Eizelle eines Hausrindes embryonal erfolgreich zusammenge-

bracht hatte und das Erzeugnis ebenfalls von einem Haus-
rind hatte austragen lassen. Prinzipiell müsste sich auf
diese Art und Weise der bedrohte Eisbär doch analog
mittels des handsameren Schwarz-, Braun- oder Grizzly-
bären vor dem Aussterben bewahren lassen, so sprach ich
mir Mut zu jenem abenteuerlichen Tierklonprojekt zu.

Von heute aus gesehen, scheint es in absehbarer Zeit sogar möglich zu sein, das Mammut klontechnisch wieder
zum Leben zu erwecken. Das kann so funktionieren, dass
man eine Elefantenstammzelle durch gezielte Verände-
rungen in ihrer Erbsubstanz nach und nach in die Stammzelle eines Mammuts umwandelt, sie mittels Zellkerntransfer in eine entkernte Elefanteneizelle embryonal heran-
züchtet und folglich von einer Elefantenleihmutter austragen lässt. Die Entschlüsselung des Mammut-Genoms für
eine denkbare Stammzellenrekonstruktion ist bereits ziemlich weit vorangeschritten; bewerkstelligt dadurch, dass
man DNA-Fragmente im Hinblick auf das ganze Genom
eines noch lebenden nahen Verwandten des Mammuts
der Reihe nach zusammensetzte, nämlich des Indischen
Elefanten. Die fragmentierte DNA dazu gewann man aus
Zellen toter, aber gut erhaltener Mammutkörper im sibiri-
schen Permafrostboden.

Selbst zur Wiederbelebung des Neandertalers gibt es bereits entsprechende Bestrebungen betreffs der Umwand-
lung einer Menschenstammzelle in eine Neandertalerstammzelle; und zwar dahingehend, die Entzifferung des
Neandertaler-Genoms durch den Vergleich von fragmen-
tierter DNA aus Knochenfunden mit dem menschlichen
Erbgut zu bewerkstelligen. Gelänge die rekonstruktive
Herstellung einer Neandertalerstammzelle eines Tages,
könnte man diese mittels Zellkernübertragung in eine

entkernte Menschen- oder Schimpanseneizelle prinzipiell ebenfalls zum Embryo heranzüchten und ergo von einer Menschen- oder Schimpansenleihmutter austragen lassen. Auf dem Gebiet der Klontechnik ist das aber noch eine große Zukunftsmusik.

Das technische Gerät, das ich außer dem betriebseigenen zum möglichen Klonen von Menschen brauchte und mit Christines Geld einkaufte, brachte ich in meiner Zweitwohnung am Rande der Stadt in der Nähe der Firma unter. Das nötige Know-how im Einzelnen, das ich extra für mein Klonprojekt benötigte, hatte ich mir durch die Einholung von Zusatzwissen ziemlich einfach und schnell aneignen können. Indem ich mein geteiltes Labor in der Arbeit und zu Hause flexibel nutzte, konnten meine technischen Zeugungsversuche zur erhofften Schwangerschaft Christines also inoffiziell vonstatten gehen. Dabei sollte mir die Erfahrung meines befreundeten Gynäkologen und Reproduktionsmediziners seit Studententagen zugutekommen, den ich bei Gelegenheit unverfänglich zu Schwierigkeiten der künstlichen Befruchtung beim Menschen zu befragen wusste, den ich jedoch aus Vorsicht freilich nicht unmittelbar mit in meine Geheimsache mit Christine und Frank hineinzog.

Bevor ich Christine nach ihrem ersten Eisprung seit ihrer Ankunft die ersten Versuchseizellen zur Entkernung entnehmen konnte, vergingen die besagten circa zehn Tage, die Christine nutzte, um sich in meiner Heimatstadt etwas einzuleben. Augenfällig gab sie viel Geld für eigentlich unnützes Zeugs aus, was sie aber wohl mit ihrem Kontostand vereinbaren konnte. Sie bezog meine Zweitwohnung, die ich ihr praktischerweise angeboten hatte. Während ihres Aufenthaltes bei mir ging ich ab und zu mit ihr aus, um ihr Gesellschaft zu leisten und Zeit zu vertreiben. Dass sie allerdings auch hier bei mir keine einsame Frau war, eröffnete sich mir während eines Abendessens mit ihr, als sie mir auf eine entsprechende Frage antwortete: „Mach dir keine Sorgen. Ich habe schon einige Kontakte mit Einheimischen geknüpft. Sie mögen mein gebrochenes Englisch. Sie unterhalten sich gern mit mir."

„Verbrenn dir aber den Mund nicht dabei! Kein Mensch außer uns beiden und Frank darf wissen, was du hier im Land alles machst oder vielmehr machen lässt. Versprich mir das, bitte! Vergiss nicht, dass es eigentlich eine verbotene Sache ist, was wir hier vorhaben."

„Das weiß ich doch. Keine Angst! Ich halte dicht, das verspreche ich dir. Den neugierigen Bekanntschaften, die alles genau wissen wollen, erzähle ich, dass ich eine Verwandte von dir aus Europa bin, die das US-amerikanische Leben von hier aus für einige Zeit kennen lernen will. Du als weltoffener Mensch hättest mich auf Anfrage freundlicherweise dazu eingeladen."

Prinzipiell würde bei meinen Befruchtungsexperimenten mit Christine die Entstehung eines einzigen Embryos zum Klonen Franks genügen. Da es aber in den allermeisten Fällen nichts wird mit der reproduktiven Klonerzeugung durch den sogenannten „Nukleartransfer", hatten wir uns, realistisch gesehen, auf viele Fehlschläge und also Enttäuschungen gefasst zu machen. Die Erfahrungen mit Säugetieren lehren, dass eine klontechnisch erwirkte Lebendgeburt (außer beim Rind mit fast zehn Prozent im Schnitt) heutzutage erst bei knapp vier Versuchen von hundert gelingt. Im Falle Dollys, des ersten klonierten Säugers der Welt (1996), waren noch 277 Klonproben vonnöten gewesen, um zum Erfolg zu kommen. Allerdings hatten die schottischen Experimentatoren damals schon aus etwa zehn Prozent der zellkernbestückten Eizellen verpflanzbare embryonale Verschmelzungsprodukte erhalten. Für die Austragung und Geburt meines Klonrindes über 15 Jahre nach Dolly hatte ich immerhin noch knapp 30 Versuche an Zellfusionen benötigt, um einen entwicklungsfähigen Embryo zu erhalten.

Um bei Christines nächstem Eisprung nicht nur das eine übliche Exemplar, sondern 10 bis 15, bestenfalls womöglich gar bis zu 30 Keimzellen aus ihrem Eileiter ernten zu können, unterzog ich sie – zwecks botenstofflicher Stimulation ihrer beiden Eierstöcke über die Blutbahn (wie bei gewünschten Superovulationen gängig) – der besagten Hormonbehandlung per Spritze; eben über die dafür vorgesehenen zehn Tage ihres ziemlich konstant verlaufenden Zyklus weiblichen Geschlechtes hinweg. Dazu war ich kraft zusätzlicher Nachfrage bei meinem frauenärztlichen Freund durchaus in der Lage. Schließlich war der professionelle Umgang mit Hormonen in Bezug auf Tiere schon eine meiner Spezialaufgaben bei der Arbeit in der Firma.

Die wenigen noch nötigen Präparate und Apparate zur Hormonbehandlung einer Frau bzw. zur Gewinnung ihrer Keimzellen ließen sich aufgrund meines geschätzten Berufsnamens und Christines Geld ohne Schwierigkeiten beschaffen. Die Kontrolle der entstehenden Eizellen bewerkstelligte ich durch endoskopische Ultraschalluntersuchungen ihrer Eierstöcke und mittels Hormonanalysen ihres Blutes. Somit konnte der optimale Reifezeitpunkt für die Entnahme ihrer Keimzellen zur klontechnischen Befruchtung durch Kerne von Franks Körperzellen bestimmt werden, die zur selben Begattungsstunde gleich-

sam – aufgetaut aus ihrer frostkonservatorischen Winter-
starre im Kryobehälter – zu neuem Leben zu erwecken
waren.

Christine ist körperlich offenbar hart im Nehmen, denn
Hormonbehandlungen zur Vermehrung von Keimzellen
stecken erfahrungsgemäß nicht alle Frauen so leicht weg
wie sie. Es kann dabei nämlich zu Kreislaufstörungen bis
hin zur Lebensgefahr kommen. Es soll schon vorgekommen sein, dass Patientinnen daran gestorben sind, wie ich
von meinem Freund, dem Reproduktionsmediziner, wusste, der privat in unserer Stadt eine hochfrequentierte Fort-
pflanzungsklinik betreibt. Außerdem könnten durch das
Instrument für das Absaugen reifer Eizellen innere Orga-
ne schwer verletzt werden, setzte ich Christine vorsorglich
in Kenntnis. Sie jedoch wollte erstaunlich unerschrocken
ihre Gesundheit für ein Kind mit Frank aufs Spiel setzen.
So fixierte ich Christine in meiner Zweitwohnung arm-
und beintechnisch an einem günstig bei eBay ersteigerten
Gynäkologenstuhl, setzte sie unter Narkose und saugte
über eine ultraschallgesteuerte Mikronadel (analog zum
hormonell gestützten Verfahren bei Rindern), etwas ner-
vös, aber gekonnt, ihre reif zur Verfügung stehenden Eizellen ab. Sie hatte nach dieser notwendigen Prozedur für
unseren Vermehrungsfall zum Glück nur geringfügige
Bauchschmerzen, die nicht lange andauerten.

Nach der ersten Gewinnung von Keimzellen Christines
startete ich umgehend das Unternehmen ihrer Verbindung
mit Franks Körperzellkernen, denn frisch geerntete Eizellen lassen sich erwiesenermaßen (anders als bereits spezia-
lisierte somatische Zellen etwa der Haut) kryokonserven-
technisch nicht gut überdauernd einfrieren. So entnahm
ich das Erbgut der erhaltenen Eizellen Christines durch

eine Mikropipette, um sie mit ganzer Frank-DNA zur erfolgreichen Reprogrammierung des genetischen Materials zu bestücken. In der Schlussfolge auf die ersten beiden fruchtlosen Versuche hingegen – gemäß dem Geschlechtszyklus der hormonbehandelten Frau – insgesamt 23 entnommene und entkernte Eizellen Christines mit 23 isolierten Zellkernen aus aufgetauten Körperzellen des Klonkandidaten Frank, per nadelgesteuerter Mikroinjektion in das Zytoplasma der Eizellen, zu verschmelzen, um daraus Embryonen zu gewinnen, die durch Christine leihmütterlich ausgetragen werden sollten, sah ich mein Befruchtungsvorhaben mit ihr eigentlich schon als gescheitert an. Aus jüngsten Fachinformationen wusste ich doch, dass das Klonen menschlicher Zellen durch Zellkerntransfer, im Gegensatz zum gleichen Verfahren mit Zellen von weniger komplex entwickelten Säugern, überhaupt in der Welt erst ein paar Mal gelungen ist, wobei die embryonalen Ergebnisse wegen fehlerhafter Zellteilung durchweg nur kurzlebige Erscheinungen gewesen sind, wenn sie aus ethischen Gründen nicht gleich mutwillig zerstört worden waren.

Fakt ist allerdings auch, dass die In-vitro-Fertilisation der leibexternen Verschmelzung einer menschlichen Eizelle mit einer menschlichen Samenzelle zur Herbeiführung einer Schwangerschaft schon in 15 Prozent der Versuche klappt. Warum sollten auf diese Weise beim Menschen denn nicht auch, wie schon so oft in tierischen Fällen, eine entkernte Eizelle und der Kern einer Körperzelle klonartig derart zusammengebracht werden können, dass daraus mittels Embryotransfer in eine Gebärmutter ein lebenstüchtiges Kind entstünde. Von mir darauf hingewiesen, versuchte mich Christine dazu zu überreden: „Gib jetzt doch bitte noch nicht auf! Lass es uns noch einmal mit mir als Schwangerer mit einem Klon von Frank versuchen. Es bleibt ja noch Zeit dafür. Der bisherige Aufwand dazu ist zu groß, als dass wir jetzt schon alles hinschmeißen sollten."

Das überzeugte mich. So vertrauten wir noch einmal auf unser Erzeugungsglück, nachdem ich mich bei ihr darüber vergewissert hatte: „Willst du diese widernatürliche Befruchtungsstrapaze wirklich noch einmal über dich ergehen lassen"?

„Ja, und zwar nicht nur teilweise bis zur Eizellenentnahme, sondern vom Anfang der Hormonbehandlung bis zum Ende einer fruchtbaren Embryonenübertragung in meine Gebärmutter, um Frank und mir endlich die Chance für einen leiblichen Nachwuchs zu geben."

Christine wollte es so, also unternahm ich eine weitere Klonerprobung mit ihr; jedoch erst nach reiflicher Überlegung, wie man ihrem Gelingen auf die Sprünge helfen könnte. Ich entschied mich diesbezüglich für gewagte Versuchsergänzungen. Das heißt, ich versuchte die fruchtbare Verschmelzung der nächsten dreizehn Zellkerne, gewonnen aus Körperzellen Franks, mit den nächsten dreizehn erlangten und entkernten Eizellen Christines, die ich nach einer weiteren Hormonbehandlung keimbahngereift aus ihrem Eileiter entführen konnte, mittels zweier zusätzlicher Kunstgriffe zu bewerkstelligen. Dafür gab ich erstens hauchdünnschichtiges experimentelles Zellgewebe von Frank in frisch ejakuliertes Sperma meinerseits zu ihrer Umhüllung, schloss das fest-flüssige Gemenge in einem Reagenzglas ein und ließ es anschließend eine gute Stunde lang von einer dafür bestimmten Maschine durchschütteln.

Diese Behandlung sollte dem Zweck dienen, Franks Körperzellen in den Kernen vielleicht etwas befruchtungslustiger zu machen. Im Gegensatz zu seiner Samenflüssigkeit ist die meinige nach eigenmächtiger Untersuchung nämlich offensichtlich reich an höchst lebhaften Spermien. Zweitens bestückte ich – nach Injektion der Zellkerne in die entkernten Eizellen – die künstliche (wie üblich verwendete) Schutzhülle darum, bestehend aus serumartigem Nährmedium, mit menschlichen Wachstumshormonen, den sogenannten „Somatotropinen". Das sollte die technisch verquickten Zellteile Franks und Christines in der Kulturschale zusätzlich dazu anregen, sich als Produkt der Verschmelzung tatkräftig zu teilen, um zu einem vitalen Embryo für den Transfer heranzureifen.

Zudem könnte sich eine weitere Änderung der Versuchsanordnung zum Klonen positiv ausgewirkt haben. Zwecks Zellverschmelzung nach der Injektion der Kerne in die dreizehn zuletzt entnommenen Eizellen verwendete ich beim dritten Anlauf nämlich nicht, wie vorher bei den anderen beiden Proben, den klontechnisch heute gebräuchlicheren physikalischen Impuls eines elektrischen Stromstößchens, sondern den älteren, aber ebenfalls bewährten, stofflichen Anreiz eines chemischen Stimulus. Ersterer schockte die relevanten Zellteile beim Klonen der sensiblen Spezies Mensch womöglich zu stark, als dass sie zu einer Einheit würden zusammenkommen wollen.

Geschätzte Leserinnen und Leser, glauben Sie es oder glauben Sie es nicht, aber auch bei unserem Experiment waren, wie das Sprichwort sagt, aller guten Dinge drei. Beim dritten Versuch einer Klonerzeugung mittels modifizierter Technik klappte es endlich, denn es fingen da tatsächlich zwei offenbar gelungene Verschmelzungen der beiden beteiligten Partikel aus Kern und Ei an, sich unter dem Mikroskop (wie hoffnungsvoll erwartet) nach circa 24 Stunden zu teilen. Da ich meinen Augen in solchen Angelegenheiten aus fachkundiger Erfahrung trauen durfte, wartete ich ihre weitere erfolgversprechende Stammzellenentwicklung im Nährmedium innerhalb einer Kulturschale, gestellt in einen Brutschrank, ab. Und siehe da: Nach weniger als einer Woche erreichte wenigstens eine der beiden künstlich erwirkten Schmelzfrüchte die Blastozyste-Stufe, auf der sich laut Definition noch undifferenzierte embryonale Zellen bis zu einer Anzahl von hundert anhäufen.

Angesichts geglückter In-vitro-Kultivierung eines übertragbaren Embryos fiel mir im Verein mit Christine freilich schon mal ein großer Stein vom Herzen. „Freu dich nicht zu früh, Christine" gab ich hingegen zu bedenken, „denn wir haben zwar jetzt einen geklonten Embryo von Frank, aber noch kein geklontes Kind von ihm."

„Ich weiß, aber ein Zwischenziel ist wenigstens schon mal erreicht. Das ist vielleicht ein Zeichen dafür, dass unser Klonprojekt tatsächlich gelingen soll."

„Ihr Wort in Gottes Ohr, falls es ihn gibt", dachte ich mir darauf.

Nach sechs Tagen Reifezeit des Embryos verpflanzte ich diesen mittels eines speziellen Katheters (geübt, wie ich schon war in solchen Sachen beim Rind) in die Gebärmutterhöhle Christines – und zwar so, dass ich mich dabei genau an die Tiefe des Eindringens in die durch ein angewärmtes Spekulum geweitete Scheide hielt, die mein frauenärztlicher und reproduktionsmedizinischer Freund hier empfiehlt. Seine Spezialität in seiner Privatklinik ist es nämlich, Frauen, die unfruchtbar sind oder bereits die Wechseljahre hinter sich haben, dank Eizellenspenden fremder Frauen zu Mutterfreuden zu verhelfen. Seine bisherige Höchstleistung bestand betreffs der Zeit nach der Menopause darin, einer 61-jährigen alleinstehenden Dame durch künstliche Befruchtung auf Spenderbasis ein Kind angedeihen lassen zu haben. Das nötige Sperma dazu hatte er damals (angeblich aus der Not eines materiellen Engpasses heraus) unter seiner Verantwortung persönlich zur Disposition gestellt.

Der eingesetzte Embryo begann sich zum Glück offenbar wirklich weiterzuentwickeln, denn bei Christine blieb die nächste regelgerechte Monatsblutung nach circa zwei Wochen des letzten Eisprunges aus. Zur ziemlichen Sicherheit bis zu 95 Prozent wies ich sie an, einen urinalen Schnelltest durchzuführen, um die Bestätigung ihrer Schwangerschaft einzuholen, was zu unserer Freude mit positivem Ergebnis ausging. Ich konnte mir meinen Klonerfolg eines gedeihenden Embryos in der Gebärmutter Christines damals nur im Zusammenhang mit meinen experimentellen Schachzügen dazu erklären, d. h. mit der versuchsweisen Schüttelpenetration von Franks Körperzellschicht mit meiner agilen Samenzellflüssigkeit und der Zugabe menschlicher Wachstumshormone in das Nährmedium für verquickte Zellteile zur eventuellen Erhöhung der fertilen Fusionsfreudigkeit von Körperzellkernen und entkernten Eizellen bzw. zur möglichen Erhöhung der Wahrscheinlichkeit ihrer weiteren Teilung nach ihrer Vereinigung. Aber wie genau diese Innovationen in meinem Klonfalle mit den teils verwandten Leuten aus Übersee technologisch fruchteten, kann ich nicht sagen. Allerdings bin ich mir ziemlich sicher, dass sich die probehalber vorgenommene Vermischung und/oder Zumischung entscheidend ausgewirkt hat.

Es war auf alle Fälle fürs Erste vollbracht. Zum Zeitpunkt des Embryotransfers am 68. Tag seit ihrer Ankunft in meiner Heimatstadt wurde Christine durch meine Hilfe schwanger und erwartete in Zukunft hoffnungsvoll die Niederkunft von „Klein Klonfrank" sozusagen, angeblich um ihres geteilten Kinderwunsches und ihrer gegenseitigen Liebe willen. Nach der festgestellten Tatsache ihrer Befruchtung wollte Christine „so schnell wie möglich zurück" an ihren gemeinsamen Heimatort mit Frank reisen, um ihn „mit der freudigen Botschaft" zu „überraschen". Sie bedankte sich herzlich für all meine Bemühungen zu ihrer kommenden Mutterschaft und machte sich daran, ihren fristgerechten Flug nach Hause zu organisieren – aber nicht, ohne vorher die restlichen Rechnungen für das Werk, das ich gemäß Auftrag letztlich gelungen in ihr auf die Beine gestellt hatte, sämtlich zu begleichen und mir darüber hinaus zur Entlohnung (in überschwänglicher Freude über ihre Schwangerschaft mittels meiner Technik) eine angemessene Summe Geldes zuzugeben.

Ich fragte mich damals, woher Christine und Frank ihr offenbar großes Vermögen haben mochten, denn sie hatte mir einmal während eines gemeinsamen Stadtbummels, als ich mich nach ihm erkundigte, gesagt, dass er zeit seines bisherigen Berufslebens nur ein gemeiner Arbeiter am Bau, meist auswärts auf wöchentlicher Montage, gewesen sei, wodurch sie für gewöhnlich viel Zeit ohne Mann zu Hause verbringe. Zu meiner Beruhigung erinnerte ich mich aber wieder an die Angelegenheit mit dem Lottogewinn, die Christine in ihrer zweiten E-Mail an mich erwähnt hatte.

Zum Abschied am Flughafen wünschte ich ihr während der Umarmung: „Viel Glück, Christine, für die Geburt eines gesunden Kindes und für dein weiteres Leben mit Frank." Und anschließend bat ich sie: „Richte ihm bitte einen schönen Gruß von mir als entferntem Verwandten in Amerika aus."

„Selbstverständlich, mach ich gern. Wir werden es dir nie vergessen, was du für uns getan hast."

„Und sag ihm", mahnte ich nachdrücklich, „dass ich zwar einige Skrupel überwinden musste, um auf die Sache mit dem Klonprojekt eingehen zu können, dieses im Nachhinein aber durchaus positiv betrachte, denn ich habe damit Menschen aus ihrer Verzweiflung heraushelfen können." Außerdem beteuerte ich Christine gegenüber, dass ich bei der Durchführung des Projektes mit ihr einiges hinzugelernt hätte, indem ich durchschlagende Erfahrungen auf biotechnologischem Gebiet gemacht hätte, die mir bei meiner Berufstätigkeit dereinst vielleicht noch zugute-kommen könnten. Insofern hätte sich ihr Besuch bei mir beiderseits gelohnt, abgesehen von meiner zusätzlichen pekuniären Entlohnung.

Nach Christines Aufenthalt bei mir machte ich mir wiederholt einige Sorgen um sie wegen der künftigen Entbindung vom schier gengleichen Kind mit Frank. Meine relativ problemlose klontechnische Befruchtung dazu nach nur drei Versuchsabläufen (wobei der letztlich erfolgreiche ein experimentell neuer war) nährte allerdings meine Hoffnung, dass die betreffende Schwangerschaft und Geburt ohne größere Komplikationen über die medizinische Bühne gehen würden. Diese Erwartung wurde jedoch eines gewittrigen Tages blitzartig enttäuscht, als eine von mir sofort geöffnete E-Mail Christines eintraf. Sie beschrieb mir darin nämlich lesbar ängstlich, dass man es bei ihr (laut dem Ergebnis einer Fruchtwasseruntersuchung) mit einer sogenannten „Risikoschwangerschaft" zu tun habe. Der Verdacht auf eine Entwicklungsstörung des Kindes hatte die Pränataldiagnostik auf den Plan eines möglichst heilsamen Partus gerufen. Dabei hatte man erstaunt festgestellt, dass Christines Schwangerschaft insofern nicht nach der Regel verlief, als der Fötus in ihr, gemessen Ende des sechsten Monats, unverhältnismäßig groß herangewachsen war.

Vorher dagegen habe sich anscheinend alles recht artig entwickelt. Christine sei in der Zeit zwar um fast zehn Kilogramm schwerer geworden, das liegt bei Schwangerschaften indes noch im Bereich des Gewöhnlichen. Im weiteren Verlauf der Schwangerschaft habe sie allerdings mehrere Schwächeanfälle bekommen, die ihr bis dato unbekannt gewesen waren. Das habe laut ärztlicher Auskunft vermutlich daran gelegen, dass beim ungeborenen Kind eben ein außerordentlicher Wachstumsschub eingesetzt hatte, der Christines Gynäkologen in Europa unerklärlich war. Es sei für ihn jedoch offensichtlich gewesen, dass ihr Herz-Kreislauf-System das forcierte Wachstum des Fötus in ihr nicht ohne Schwierigkeiten verkraftet habe.

Nichtsdestotrotz glaubte Christine fest an eine Lebendgeburt, wenn möglich, zu der Zeit, da es mit Schwangerschaften normalerweise aus ist. Ein vorzeitiger Schwangerschaftsabbruch aus medizinischer Indikation kam für sie, moralisch gesehen, sowieso nur dann in Frage, „wenn das Austragen des Kindes bis zur Geburt meinen sicheren Tod bedeutet hätte", wie sie mir elektrobrieflich versicherte. Ansonsten wollte sie hier jeder drohenden Gefahr tapfer ins Auge blicken. Christine ist prinzipiell gegen Abtreibung, denn ein menschliches Wesen (und damit einhergehend sein Schutzanspruch) ist in ihrem Denken ab dem Zeitpunkt gegeben, da sich ein Embryo mit dem Verschmelzen von Ei- und Samenzelle zu entwickeln beginnt. Darin folgte – folgt – sie der Vorgabe ihrer Kirche. Auf jeden Fall versicherte sie mir seinerzeit, dass sie mich über den weiteren Verlauf ihrer Schwangerschaft auf dem Laufenden halten werde.

Das tat Christine versprochenermaßen auch wöchentlich per E-Mail oder Telefon, bis ich eines Tages erst nach zwei Wochen Funkstille wieder von ihr angerufen wurde. Sie erzählte mir dabei von der schweren Geburt ihres Klonkindes, hörbar noch geschwächt davon. Dieses habe es, entsprechend seinem unnatürlich großen Volumen als Fötus, weit vor den dafür üblichen Tagen aus der Enge ihrer Gebärmutter gedrängt, von deren zugehöriger Mutter sozusagen die Eier zu Franks technischer Duplikation stammten. Der zuständige Arzt für Christines Notfall habe aufgrund unbändiger Schmerzen ihrerseits noch in der 29. Woche der Schwangerschaft einen Kaiserschnitt zur Entbindung angeordnet. An diesem Eingriff zur Bewahrung ihres Lebens und zur Erhaltung eines lebenden Frühchens sei Christine fast gestorben, wie sie mir schluchzend berichtete. Es seien dabei nämlich viele unvorhergesehene Komplikationen aufgetreten, die spontan lebensrettend zu bewältigen gewesen seien. Abgesehen davon schien der Preis für ihre extraordinäre Mutterschaft zu hoch gewesen zu sein, wenn man bedachte, dass Christine fortan (laut den Ergebnissen von Nachsorgeuntersuchungen) nie mehr die Möglichkeit haben sollte, ein weiteres Kind zu bekommen.

Die leidvoll ausgetragene, genetisch fast vollständig identische Nachkommenschaft Franks (gewissermaßen ein eineiiger, allerdings zeitversetzt heranwachsender Zwilling von ihm) erwies sich dank bewährter medizinischer Versorgung zum Glück des Lebens fähig. Das betreffende Leben hing anfangs zwar am seidenen Faden, schien sich aber, ausgenommen von einem Übermaß an Wuchs, normal zu entwickeln. Doch das täuschte, wie mir Christine gut ein Jahr nach der Geburt ihres Sohnes per Telefon verzweifelt mitteilte, den sie, abergläubisch, wie sie ist, auf den Glücksbringernamen Felix hatte taufen lassen. Es waren nämlich gerade seine unmäßige Größe und sein dementsprechend hohes Gewicht, das dem klontechnisch herbeigeführten Organismus „Felix" Schwierigkeiten bereitete, sich dauerhaft auf den Beinen zu halten. Was das anging, konnte offenbar die Erstarkung der Knochen entwicklungsgemäß mit dem enormen Wuchs des Körpers nicht Schritt halten. Zudem bekam der einjährige Felix bei den Versuchen, das Laufen zu erlernen, in der Regel Fuß- und/oder Kniegelenksentzündungen, die recht schmerzhaft waren und ihn folglich vom Gehen möglichst Abstand nehmen ließen.

Im Übrigen war Christine immer wieder erstaunt über Felix' „wie aus dem Gesicht geschnittene Ähnlichkeit mit Frank als Baby", wovon sie „einige Fotos" habe. Sie besann sich dabei jedoch gewöhnlich schnell auf den von mir erinnerten Tatbestand, dass der genetische Fingerabdruck beider Jungs prinzipiell ja der gleiche sein musste. Klein Klon-Felix war wegen der Mitochondrien der Mutter erbmateriell zwar nicht hundertprozentig deckungsgleich mit dem geklonten Frank, er glich seinem Klon-Vater phänotypisch indes, wie wissenschaftlich zu erwarten, offensichtlich bis aufs spärliche Haar. Was aus dem genetisch zweiten Frank quasi, nämlich Felix, dessen Namen sich bereits römische Kaiser und Päpste zu ihrem Glück zulegten, noch werden mochte, blieb wohlwollend abzuwarten. Nach seinen bisherigen körperlichen Defekten zu urteilen, sah es aber nicht rundum gut aus mit einem heilsamen Lebenslauf des meines Wissens ersten Menschen als künstlich hergestelltem Klon; auf Wunsch seiner Eltern gezeugt durch mich vermöge asexueller Fortpflanzungstechnik.

Obwohl mich die schlechte Nachricht über die Entwicklung von Felix damals, ehrlich gesagt, nicht total überraschte, machte ich mir daraufhin unerwartet große Sorgen um die Gesundheit des heranwachsenden Kindes und seine damit verbundene Gemütsverfassung sowie um die entsprechende Seelenlage seiner Eltern. Entgegen anderslautender Bedenken hoffte ich für Felix, er werde ein durchschnittlich langes und frohes Leben führen können. Der weltberühmte erste Klonsäuger „Dolly" war ja bekanntlich schon etwa zur Hälfte der natürlichen Lebensdauer von Schafen an altersspezifischen Krankheiten gestorben.

Hinsichtlich des immensen Wuchses von Felix wirkte sich vielleicht das menschliche Wachstumshormon Somatotropin, das ich beim dritten Versuchsanlauf zur Anregung der anfänglichen Zellteilung zusätzlich angesetzt hatte, über die Entstehung des Embryos hinaus auch auf die physische Bildung des Säuglings aus. Ich hatte die Befürchtung, dass eine solche Wirkung beim Kind auch psychische Fehlentwicklungen nach sich ziehen könnte, erhoffte seinerzeit aber nur das Beste für Felix und seine Eltern. Schließlich hatten sie sich mittels meines Wissens und Könnens einen gesunden Nachwuchs gewünscht, den sie zur gemeinsamen Freude aufziehen wollten.

„Wenn Franks genetischer Sprössling jedoch an Leib und Seele kränkelte, bekäme er auf Dauer womöglich Identifikationsprobleme mit ihm. Aber auch im Falle des Glücks bei allseitiger Gesundheit könnte es Schwierigkeiten geben", dachte ich mir nach eingehender Reflexion über die mögliche Ausbildung der Vater-Sohn-Beziehung zwischen Frank und Felix. Denn wie würde ein Mensch reagieren, der eines Tages verblüfft zur Kenntnis nehmen müsste, die klontechnisch hergestellte Kopie eines Teils seiner designierten Eltern zu sein? Wegen fehlender Erfahrung ist es wohl noch kaum auszudenken, welche persönlichen Krisen damit verbunden sein könnten. Und wie würde andererseits ein Mensch reagieren, der eines Tages perplex feststellen müsste, dass die artifizielle Verdoppelung seines genetischen Wesens sich (allen Erwartungen zum Trotz) mental ganz anders entwickelte als man selbst; wenn dieser Doppelgänger gleichsam schlimmstenfalls den Weg einer schwer kriminellen Karriere beschritt. Die vermeintlich sichere Annahme schien dann widerlegt, dass man selbst, angesichts anständiger Lebensführung, grundsätzlich ein guter Mensch sei, wie ich damals nach Christines schlechter Nachricht, den Säugling Felix betreffend, auch schlussfolgerte.

Wie dem auch sei: Ich wünschte Christine nach der bedenklichen Mitteilung über den Gesundheitszustand ihres Sohnes natürlich trotzdem alles Gute, nachdem ich angefangen hatte, meine Hände gleichsam in Unschuld zu waschen, was jäh damit unterbrochen wurde: „Du brauchst dich nicht zu rechtfertigen. Wir haben gewusst, worauf wir uns eingelassen haben. Schließlich hast du uns darüber informiert, dass mit dem Klonen Missgeschicke auf uns zukommen können."

Erst später, als Christine aus Verzweiflung über Felix' weitere Entwicklungsstörungen endlich mit der ganzen Wahrheit aufwartete, wurde mir auch mitgeteilt, dass Frank da schon über eineinhalb Jahre, langfristig verurteilt, im Gefängnis gesessen habe. Ihre Kinderwunschgeschichte mit ihm stimmte demnach zwar, entsprach indes insofern nicht vollends der Wirklichkeit, als die letztlich ausschlaggebenden Umstände des Klonkinderwunsches andere waren als die zuerst vorgegebenen. Denn der Entschluss beider Eltern zur Zeugung (oder besser gesagt: zum Zeugenlassen) eines gemeinsamen Sohnes als Klon wurde nicht unter der Bedingung eines natürlichen Notstandes getroffen, sondern erst unter derjenigen einer außergewöhnlichen Notsituation, die sozusagen freiheitsberaubenden Charakter hatte.

Interessierte Leserinnen und Leser, ich kann Ihnen heute diesbezüglich ziemlich genau darlegen, was sich an jenem denkwürdigen Abend bis in die Nacht hinein in Europa zugetragen hat, als Franks und Christines Raubüberfall auf einen Geldtransporter teilweise schiefgegangen ist; und zwar deshalb, weil ich mir aus begründetem Interesse an ihrer Lebensgeschichte durch eindringliches und wiederholtes Nachfragen bei Christine ein exaktes Bild davon verschafft habe, wie sich der Überfall und die anschließende Flucht von Anfang bis Ende abgespielt hat. Christine berichtete mir das betreffende Geschehen teilweise im erinnerten Wortlaut von Betroffenen (d. h. vor allem, was ihren Dialog mit Frank anbelangt), da ich endlich die ganze Wahrheit bis ins kleinste Detail wissen wollte, nachdem sie mir lange Zeit einen Bären aufgebunden hatte. Diese Wirklichkeit soll der Menschheit nun im Kontext dieser Veröffentlichung zuteilwerden, damit sie sich eine Meinung darüber bilde.

Ins Rollen war alles dadurch gekommen, dass die attraktive Christine eines verhängnisvollen Tages des Nachts in einer Diskothek den Beifahrer von gepanzerten Einsatzwägen einer Werttransportfirma kennengelernt hatte, der, gut angetrunken und lüstern, wie er war, leichtsinnig über die dienstvorschriftliche Stränge geschlagen hatte, indem er sie umwerbend mit der Gefährlichkeit seiner Arbeit zu beeindrucken versucht hatte: „Das ist kein ungefährlicher Job, Schätzchen, wenn du beruflich Geld einsammelst und immer wieder mit einem Haufen Kohle unterwegs bist. … "

Aufgrund ihrer Lebenserfahrung mit Männern hatte für Christine hier vieles darauf hingedeutet, dass diese Angeberei hatte strategisch darauf hinauslaufen sollen, sie für einen One-Night-Stand zu gewinnen. Sie war so auf die verbalen Bemühungen des Geldboten eingegangen, dass es in seinen Augen offenbar vielversprechend ausgesehen hatte. Als Teilzeit-Verkäuferin an der Kasse eines Supermarktes hatte sie sich nämlich tatsächlich für seinen „Job" interessiert und aus erster Hand mehr davon erfahren wollen. Sie hatte es aber nur bis zum Sprachverkehr mit dem Geldtransportbeifahrer kommen lassen, schon weil sie das selbstherrliche Verhalten alkoholisierter Männer grundsätzlich verabscheute, herrührend von den schlechten Erfahrungen mit ihrem Vater. Trotz regelmäßiger Gelegenheiten zum Seitensprung in der Beziehung mit Frank, hatte Christine stets ihrem Willen Folge geleistet, ihm sexuell treu zu bleiben, wie sie im Zusammenhang mit der versuchten Beischlafgeschichte per E-Mail beteuerte.

Des Weiteren war es so gekommen, wie es in solchen Fällen eventuell kommt, wenn man die Chance erblickt, schnell und relativ leicht an viel Geld zu kommen. Einige Tage nämlich, nachdem Christine Frank über ihren objektiv einseitigen Flirt mit jenem Beisitzer von Panzerwagen einer ansässigen Werttransportfirma zur gemeinsamen Belustigung aufgeklärt hatte, hatten die Auskünfte seine kriminelle Fantasie anzuregen begonnen. Will sagen, er schmiedete bedächtig – ursprünglich wahrscheinlich nur der Möglichkeit als der tatsächlichen Ausführung nach – einen Plan zu einem Raubüberfall auf ein Einsatzgefährt eben jenes Geldtransportes, den der berauschte Bote damals zur Anmache Christines als Beispiel seiner riskanten Berufstätigkeit ausmalend herangezogen hatte – und zwar im Hinblick auf die betreffende Route zur gewohnten Überführung von Bargeld aus Kaufhäusern einer Einzelhandelskette an die betreffende Bank, über deren Verlauf Frank durch die Schilderungen Christines, die den Transportbeifahrer seinerzeit in der Disco geschickt zu animieren gewusst hatte, schon lockerzüngige Informationen besaß.

Frank war zu jener Zeit schon seit einigen Jahren ungewollt arbeitslos. Er hatte damals nicht am Bau gearbeitet, wie mir Christine anfangs fälschlicherweise untergeschoben hatte, sondern das hatte er früher getan; unter anderem auch als Lastkraftwagenfahrer bei einer großen Baufirma, wo er viele Überstunden hatte schieben müssen, bevor er durch eine günstigere Arbeitskraft aus dem Ausland ersetzt wurde. Nach den späteren Angaben Christines zur ganzen Wahrheit kränkte dieser Hergang Franks Ehre schwer: „Frank wollte finanziell endlich wieder ganz auf eigenen Beinen stehen. Angesichts seiner vielen Schufterei vor der Arbeitslosigkeit wollte er vom Staat nicht mit einem Butterbrot an Sozialgeld abgespeist werden." Das habe er, wie er allen globalen Wirtschaftszwängen zum Trotz angeblich meinte, nicht verdient.

So legte Frank sich, viel freie Zeit und Energie, die er hatte, zur bestmöglichen Umsetzung seines Raubplans genügend oft auf die Lauer für die genaue Erkundung der Fahrtstrecke jenes Geldtransportes, die von Christines Möchtegernverführer bei seiner Arbeit als Geldbote einsatzplanmäßig immer wieder verfolgt wurde. Aufgrund seiner mehr oder weniger zufällig erlangten Vorinformationen dazu durch seine Lebensgefährtin hatte Frank leichtes Spiel darin, auch wenn der betreffende Fahrtweg und die entsprechende Fahrtzeit aus Sicherheitsgründen ab und an etwas umgesteckt bzw. etwas umgestellt wurden. Ferner vielleicht auch deswegen, da er nach der Entlassung von seiner geregelten Arbeit bereits eine erfolgreiche – von Christine erahnte, aber unausdrücklich geduldete – kleinkriminelle Karriere hinter sich gebracht hatte, die in allen Fällen ungeahndet geblieben war.

Frank entschloss sich nach akkurater Wegrecherche schier zwangsläufig zur großkriminellen Tat. Es gab offenbar spätestens dann kein Zurück mehr, nachdem er Christine zur Mittäterschaft hatte überreden können; basierend auf ihre detaillierte Einweihung in seinen ausgeklügelten Plan, den augenscheinlich vollgepanzerten Geldtransporter gemeinsam zu überfallen. Sie war dahingehend aus christlicher Einstellung heraus nicht leicht zu überzeugen gewesen, wie sie mir letztendlich elektronisch verbriefte. Jedoch sah sie ihr Leben mit Frank, so Christine, „den ich im Grunde doch liebe, von einer finanziellen Notlage bedroht, an der wir nicht selbst schuld sind." Somit sei das siebte Gebot (Du sollst nicht stehlen) bezüglich beider für „eine gerechte Ausnahme" außer Kraft gesetzt.

Nachdem Frank in Absprache mit Christine alles fein säuberlich zur optimalen Drehung des verbotenen Dinges vorbereitet hatte, konnte der Raub vermeintlich sicher über die Bühne des Verbrechens gehen. So positionierten Mann und Frau sich eines spätsommerlichen Gutwetterabends vor der routinierten Fahrt des Geldtransporters möglichst unauffällig auf ihren Plätzen, getreu der Strategie zur Erbeutung des großen Geldes, wie sie von Frank im Einzelnen ersonnen worden war; und zwar wohlweislich für einen Samstag, um einkaufserfahrungsgemäß voraussichtlich möglichst viel Kohle auf circa halber Transportstecke einsacken zu können. Der Angriffspunkt auf den Panzerwagen sollte aus verkehrs- und sicherheitstechnischen Gründen nämlich nicht zum Schluss hin erfolgen, sondern etwa schon mittig der Tour von Kaufhaus zu Kaufhaus.

Eingehüllt in die Männerkleidung eines bepolsterten Kampfanzuges zur Tarnung ihres Geschlechtes, hatte Christine, wie abgemacht, in einem gestohlenen Kleinwagen, den Frank tags zuvor geknackt hatte, auf einem Parkplatz nahe des vorgesehenen Tatortes des Überfalls auf die Ankunft ihres geliebten Komplizen gewartet. Sie sah seinem Erscheinen in einem Lastwagen entgegen, den er vorher (zweckmäßig ausgewählt, gewaltsam aufgebrochen und kurzgeschlossen) unbemerkt aus dem Gelände der nächst gelegenen Langzeitbaustelle seiner Exfirma zu entführen gewusst hatte und den er, nach erfolgtem Überfall, wieder unauffällig zurückbringen wollte. Anhand von Freizeitberichten eines ehemaligen Kollegen machte sich der informierte Frank dahin nach Feierabendzeit am Wochenende auf, um mit dem Baustellenfahrzeug zeitplanmäßig aus dem unbewachten Kleinfuhrpark in Richtung Parkplatz zu Christine zu fahren. Dort angekommen, gab er ihr ein Handzeichen vom Führerhaus aus, was bedeutete, dass er nun die sorgfältig ausgekundschaftete (und beiderseits bestens bekannte) Ausgangsposition auf einem nahe gelegenen Waldweg einnehmen werde, der die wenig befahrene Landstraße, auf welcher der Überfall stattfinden sollte, an ziemlich unübersichtlicher Stelle kreuzte. Christine ihrerseits hatte nach Raubprojektplan weiter auf dem Parkplatz im Auto zu warten, bis der erwartete Geldtransporter passierte, um ihn bei stetig zu verkürzendem Abstand möglichst unauffällig zu verfolgen.

Der Transporter kam, wie des Öfteren auch gemeinsam in freier Wildbahn samstags beobachtet, gemessen an der Durchschnittszeit recht pünktlich. Christine verständigte per Handy rasch Frank darüber und fuhr dann geschwind dem Panzerwagen hinterher. Ergo schloss Frank seinen quasi-geborgten Lkw zum Start abermals planmäßig kurz und fuhr mit ihm vom Waldweg auf die schmale Landstraße, um dem nahenden Geldtransporter hinter einer scharfen Kurve querstehend den Weg zu versperren, sodass der Fahrer abrupt zum Anhalten gezwungen werde für den Überfall. Mit abgestelltem Motor und angezogener Handbremse ließ Frank den Lastwagen also führerlos stehen und wartete versteckt kurz hinterm straßenangrenzenden Waldrand, der links der Fahrtrichtung der nahenden Automobile lag, auf das baldige Eintreffen des gepanzerten Fahrzeugs und des folgenden Pkws, Letzterer gelenkt von Mittäterin Christine. Frank zog sich während der Zeit gemäß Raubplan eine Sturmhaube zur Verdeckung des Gesichtes über, schulterte eine Panzerfaust, die er sich auf dem Schwarzmarkt besorgt hatte, und machte sie scharf. Aufgrund dieser Ausrüstung bei der konkreten Aktion des Überfalls sollte den Insassen des Panzerwagens der Ernst der Lage, in die sie in sehr naher Zukunft geraten würden, umgehend bewusst werden.

Was planmäßig ausgedacht worden war, wurde so auch in die Tat umgesetzt. Nachdem der Fahrzeugführer des Geldtransporters zwangsläufig abgebremst und den Wagen zum Halten gebracht hatte, stellte sich Verfolgerin Christine mit dem geknackten Auto schnellwendig quer hinter ihn, zog sich zwecks Maskierung ebenfalls fix eine Sturmhaube über, stieg aus und bedrohte rechts vorne mit einer Maschinenpistole, die Frank während des Militärdienstes hatte mitgehen lassen, gemeinsam mit ihm Fahrer und Beisitzer des Panzerwagens von beiden Seiten der Fahrerkabine aus. Die Bedrohung war, sachlich gesehen, gewiss so massiv, dass diese zum Selbstschutz bereitwillig alles auf der Stelle taten, was ihnen von Frank aufgetragen wurde.

Laut brüllend und anzeigend versicherte dieser nämlich wenige Sekunden nach dem Anhalten des Transporters, diesen samt Insassen kraft Panzerfaust „in die Luft" zu „jagen", falls sie nicht schleunigst „alle Waffen auf dem Fahrzeugboden" ablegen, „mit erhobenen Händen" aussteigen und „nach bestem Wissen und Gewissen" seine weiteren Befehle befolgen würden. Was diese Aufforderungen betrifft, so bestanden sie darin, erstens in kürzester Zeit „alle Geldscheine ohne Tricks" vom Geldtransporter in einen von Christine bereitgestellten Koffer umzuladen und dann zweitens sich zum rückwärtigen Fesseln der Hände „auf den Bauch" seitlich der Straße „an den Waldrand" zu legen, wenn sie nicht umgelegt werden, sondern „mit dem Leben davonkommen" wollten. Das führten die Überfallenen, nach Ablage ihrer Dienstpistolen und dem Aussteigen mit erhobenen Händen, sogleich in der Hoffnung aus, heil aus dieser mordsmäßigen Situation herauszukommen. Sie waren offenbar nicht lebensmüde und ihr Arbeitgeber sicherlich gut versichert. Frank war heilfroh darüber, denn der geplante Raub sollte, wenn irgend möglich, an keiner Stelle in einen Raubmord ausarten. Darüber war er sich mit Christine einig.

Kurz vor Schluss der Untat auf der Straße kam es zu einem unverhofften, aber einkalkulierten Zwischenfall. Ein Pkw näherte sich nämlich dem querstehenden Lkw gegen die Fahrtrichtung des gestoppten Geldtransporters, wobei der Fahrer von Weitem schon zu hupen begann, um wohl Aufmerksamkeit zu erregen für seine gleich zu stellende Frage, was das hier auf nicht gesperrter Strecke denn solle. Frank aber ließ es nicht so weit kommen. Dazu stellte er sich dem heranrollenden Fahrzeug (demonstrativ maskiert und) mit angehaltener Pistole entgegen, sodass dessen Fahrer, auch wenn er keinen Einblick in die ganze Szenerie hatte, unmissverständlich begriffen haben musste, dass es sich hier nur um eine kriminelle Überfallgeschichte handeln konnte; schon deshalb, weil Frank zum Nachdruck seiner Abwehrhaltung drei ungezielte Warnschüsse mit jener Kanone eines Geldboten in Richtung Auto abfeuerte, die zwar wahrnehmbar waren, von denen jedoch keiner das Fahrzeug traf. Angesichts dieser Bedrohung machte sein Fahrer, offensichtlich erschreckt und eingeschüchtert, sofort kehrt und sich in Windeseile davon.

Nachdem Frank den notwendigen Zusatzeinsatz gemäß Projektplan des Überfalls zufriedenstellend hinter sich gebracht hatte, waren Fahrer und Beifahrer des Geldtransporters, handfeuerwaffentechnisch von Christine in Schach gehalten, mit ihrer Umladearbeit schon fast fertig. Frank wollte nach dem Intermezzo mit dem vierten Fahrzeug freilich keine Zeit mehr verlieren, denn bei verantwortungsvoller Handlung würde sein Lenker telefonisch schnellstmöglich die Polizei über sein abstoßendes Erlebnis vor Kurzem verständigen. Spätestens dadurch wäre sie schließlich über den kriminellen Vorfall informiert, wenn sie darüber nicht bereits vorher geistesgegenwärtig von einem der Panzerwageninsassen per Signalknopfdruck über seine Einsatzzentrale alarmiert worden war. Also wies Frank die Überfallenen an, sich sofort auf den Bauch mit Händen auf dem Rücken an den Waldrand zu legen, um sie kurzerhand mit Klebeband fesseln zu können.

Danach wollte sich Frank per Lastwagen mit dem Koffer voller Geld und beteiligter Einsatzwaffen eiligst auf den geplanten Fluchtweg in den vermeintlichen Reichtum machen; und zwar gleich geradeaus weiter in der Richtung, aus der er zur Absperrung der Straße mit dem Laster gekommen war. Er hatte so vor, nach erfolgtem Raub über viel Wald- und Wiesenstrecke und möglichst wenig Landstraße inkognito zu verschwinden. Christine ihrerseits sollte laut vereinbarter Zielsetzung nach vollbrachter Tat mit ihrem fahrbaren Untersatz kehrtmachen, um sich, schnell und weit genug abgesetzt aus der Gefahrenzone, mit Frank an einem festgesetzten Ort in einem Waldstück nahe der Einfahrt zu treffen, die zu jener Baustelle seiner ehemaligen Firma führte, von der er den Laster entwendet hatte. Hier sollten das geraubte Geld samt Koffer und die Waffen vom Lastwagen in den Kleinwagen geschafft werden, bevor Frank den Lkw unbeachtet, weitestgehend unversehrt und ohne Spuren seinerseits an seinen angestammten Platz gestellt hätte. Nachdem die Räuber den geknackten Pkw mitsamt ihren Waffen des Weiteren spurlos in einem abgelegenen See verschwinden lassen und den bestückten Koffer bis auf Weiteres an einer vorgesehenen Stelle sicher vergraben hätten, wollten sie sich zu Fuß und per Bahn unauffällig auf den Weg nach Hause ins traute Heim machen.

Es kam jedoch, welterfahrene Leserinnen und Leser, wie des Öfteren bei solch gewagten Unternehmungen, anders als von den kriminellen Subjekten ausgedacht. Denn kurz bevor Christine nach dem scheinbar schon geglückten Raubüberfall ins Auto steigen und sich über das nahe Straßenverbindungsstück eines zweckhaften Schotterweges aus dem Staub machen wollte, hörte sie und sah im nächsten Moment von Weitem – nach ein paar Metern Sprint in der Kurve stehend – schaudernd einen Streifenwagen mit tönendem Einsatzhorn und blinkendem Rundumlicht auf sich zurasen. „Das darf doch nicht wahr sein", meinte sie entsetzt, denn nach berechneter Wahrscheinlichkeit könne es eigentlich nicht sein, dass die Polizei so schnell präsent war. Es konnte sich bei dem Dienstwagen offenbar nur um einen alarmierten handeln, der sich gerade zufällig in der Nähe des Tatortes aufgehalten hatte. Der hinweisende Funk zu seinem Einsatz konnte gewiss nur entweder von einem der beiden Einsitzer des Geldtransporters (unmittelbar vor oder nach seinem Halt) herbeigeführt worden sein oder von dem unverhofft aufgetretenen Autofahrer beim Raubüberfall, der den Arm des Gesetzes mittels Mobiltelefon geradewegs auf den offenbaren Rechtsbruch hier angesetzt haben mochte.

Die Attacke des Überfalls mit Umladeaktion des Geldes in den Koffer und Fesselung der Fahrer hatte nämlich schätzungsweise nur gute zehn Minuten gedauert. Die nächste Polizeistation war nach der betreffenden Erkundigung Franks aber 25 Kilometer entfernt. Angesichts der neuen Sachlage, die sich für die Räuber in eine freiheitsentziehende zu wandeln drohte, blieb Christine keine andere Wahl, als schnellstens bei Frank zuzusteigen, wenn sie eine vielleicht noch gute Chance ergreifen wollte, um zu entkommen. Eine erfolgreiche Flucht mit dem Auto war unter den aktuellen Umständen sicherlich nicht mehr möglich. Auch allein zu Fuß auf weiter Flur wäre sie höchstwahrscheinlich bald unvermeidlich in den Fängen professionell angesetzter Verfolger der Bullerei, dachte sie sich blitzartig. Sie überlegte also nicht lange, sondern hielt das nahende Polizeiauto kurzentschlossen durch ein ungezieltes Dauerfeuer aus ihrer handlichen Maschinenpistole an, für die Frank sie geschult hatte. Sie gab die Schüsse zwecks Abwehr noch aus etwa hundert Metern Entfernung ab, gedeckt hinter einem Baum. Dann hastete sie zu Frank, schwang sich zur Beifahrerschaft ins Führerhaus des von ihm gerade kurzgeschlossenen Lasters und fuhr los mit ihm in den zur Straße angrenzenden Wald.

Die beiden Polizisten im Streifenwagen nahmen nach einem Zwischenstopp in Deckung zum Schutz vor Christines Kugelhagel, bei gewandter Umfahrung des querstehenden Kleinwagens und des längsstehenden Panzerwagens hinter der scharfen Kurve, natürlich unverzüglich die Verfolgung des weit hörbaren Lastwagens auf und verständigten ihre Zentrale über seinen Fluchtweg; zur Koordination aller verfügbaren Einsatzkräfte. Sie verloren jedoch aus maschinellen Gründen bald den Anschluss an den Lkw. Es handelte sich dabei nämlich, eigens ausgesucht von Frank, um einen dreiachsigen (mehr länglichen als breiten) Muldenkipper mit Allradantrieb, mittels dessen man aus Baustellenerfahrung auch dermaßen unwegsames Gelände befahren konnte, das für tiefgelagerte Automobile von Natur aus unüberwindlich war. So sahen beide Flüchtenden, nachdem sie den Polizeiwagen erkennbar abgehängt hatten, doch noch eine Möglichkeit ihren Raub erfolgreich zu beenden. Diese drohte allerdings wieder zunichtezuwerden, als das zweckentfremdete Baufahrzeug bei einer Straßenüberquerung von zwei weiteren Polizisten in ihrem Einsatzwagen gesichtet und verfolgt wurde. Aber auch bei dieser Verfolgungsjagd gerieten die Beamten schnell ins Hintertreffen, da ihr Auto im Wald an sumpfiger Wegstelle stecken blieb.

Nach einem weiteren Hergang dieser Art, wobei schon zwei Streifenwagen den Laster verfolgt hatten, sah Frank keine Chance mehr, seinen Ausgangs- und Zielort mit ihm zu erreichen, ohne bei der Ankunft letztlich unausweichlich dingfest gemacht zu werden. Das versetzte ihn kurzzeitig in Panik und veranlasste die eingeweihte Christine zu einem hysterischen Aufschrei. Aufgeben wollte er in Absprache mit ihr jedoch noch nicht, sonst wäre alle Mühe bis dahin umsonst gewesen. „Was haben wir denn schon zu verlieren, wenn die Sache schiefgeht?", fragte er sie suggestiv und fügte hinzu: „Doch nur Jahre an Freiheit. Die sind nicht viel wert, Liebling, wenn wir uns nichts Schönes dabei leisten können." Darin stimmte Christine ihm zu. So entschieden Mann und Frau sich übereinkommend dazu, mit dem schweren, aber durchschlagskräftigen Lkw weiter durch Wald, über Wiese und auf Straße möglichst über die recht nahe gelegene Grenze in das nächste Nachbarland zu kommen, die Maschine bei reiner Luft irgendwo in der Dämmerung stehen zu lassen, um unerkannt zu Fuß mit dem Geld weiterzukommen und um später im Dunkeln hoffentlich irgendein weiteres Auto unauffällig knacken zu können, mit dem sie endgültig aus der Gefahrenzone kämen.

Als nächste Hürde musste dazu allerdings eine ad hoc gebildete Straßensperre aus einem querstehenden Polizeiauto mit Schützen dahinter bezwungen werden, deren gezielte Schüsse aus der Ferne auf die Vorderräder des dickbereiften Muldenkippers lochverursachungstechnisch (glücklicherweise bzw. leider) wirkungslos blieben. Christine eröffnete dafür abermals schon von Weitem das Feuer – und zwar mit der Maschinenpistole – während der Fahrt aus dem Seitenfenster in Richtung des Einsatzwagens, um die beiden Polizisten wirkungsvoll in die Deckung zu zwingen. Dann umfuhren die Räuber linksseitig möglichst gedeckt das Auto. Das war mit dem Laster leicht möglich, denn die Straße war hier auf relativ gerader und ebener Strecke nicht durch Leitplanken gesichert. Christine gab bei dem Ausweichmanöver ungezielte Warnschüsse aus dem rechten Fenster zur Seite und nach hinten ab, sodass die Schutz suchenden Beamten daran gehindert wurden, ihre Waffen zum Stoppen des Kippers aus der Nähe weiter einzusetzen, sondern sich zum Selbstschutz hinter ihrem Fahrzeug verkriechen mussten. Der Weiterfahrt in den nächstbesten Waldweg einem unweit entfernten Nachbarland entgegen, um möglichst an grüner Grenze überzusetzen, würde somit nichts Unpassierbares mehr im Wege stehen, so hofften die flüchtenden Räuber.

Eine auf einer Teerstraße Richtung Grenze offensichtlich unumgängliche Brücke über einen Fluss jedoch, der die Grenze schon stückweise markierte, sollte Frank als Fahrer des großen Vehikels zum Verhängnis werden, denn es gab auf ihr naturgemäß keine Ausweichmöglichkeit nach rechts oder links. Die Polizei schaffte es hier in internationaler Zusammenarbeit tatsächlich auf die Schnelle, von Frank anfangs der Überführung unbemerkt, fünf ihrer kleinen serienmäßigen Einsatzbusse gegenüber auf der Brücke so versetzt zu positionieren, dass diese Sperre auch für rammböckige Kraftwägen wie seinem fahrbaren Untersatz undurchstoßbar schien – allein schon deswegen, weil die Cops vor den Bussen zusätzlich offenbar einige Nagelgurte zum Stopp des Lasters ausgerollt hatten. Folglich wollte Frank mit seinem Gefährt trotz Enge kehrtmachen und anderswo sein Entkommensglück mit Christine bei Dämmerung bzw. Nacht versuchen.

Dazu indes konnte es nicht mehr kommen, denn er durchbrach mit dem Brummer an Lkw (gehetzt, wie er war) – links eingeschlagen und etwas zu spät gebremst beim Versuch eines schnellen Wendemanövers – unvorsichtigerweise das Seitengeländer der Brücke. Er durchstieß es fatalerweise so weit, dass der Lastwagen circa zu einem Drittel etwas schiefeben der Länge nach und auch etwas schrägeben der Breite nach über dem Abgrund zum Fluss schwebend stehen blieb; linksseitig mit dem Fahrzeugboden hinter dem Vorderrad aufgesetzt auf Beton und rechts liegend auf nicht ganz niedergedrückten Eisenstangen des Brückengeländers – ohne Möglichkeit, aus eigener Kraft mit dem Allradgefährt wieder rückwärts herauszukommen.

Ihre neue Lage am Rande des Abgrundes (im wahrsten Sinne des Wortes) schien im Hinblick auf ein freies Leben in Reichtum aussichtslos für Frank und Christine zu sein. Kurz nachdem sie beim Crash mit dem Sperrgeländer der

Brücke schreiend zum Stehen gekommen waren und das Wasser tief unter sich schimmern gesehen hatten, fielen sie einer minutenlangen Kommunikationsstarre anheim, die von ins Gesicht geschriebener Todesangst und gemischten Gefühlen gekennzeichnet war. Denn obwohl die kriminellen Subjekte bei ihrer versuchten Flucht vor der Staatsgewalt nun in der Falle waren, hatten sie dabei, objektiv gesehen, das sprichwörtliche Glück im Unglück. Nicht auszudenken, so dachten sie sich in der Schweigeminute, was Schlimmeres geschehen wäre, wenn sie das Brückengeländer noch weiter durchstoßen hätten und der Lastwagen kopfüber ins fließende Gewässer gestürzt wäre. Das Überleben, geschweige denn eine gelungene Flucht, hätten für Frank und Christine in dem Falle wohl sehr infrage gestanden; schon deshalb, weil beide, Fahrer und Beisitzerin, nicht angeschnallt gewesen waren und insofern wahrscheinlich irgendwo im Führerhaus hart aufgeschlagen wären, womöglich bis hin zur Bewusstlosigkeit oder gar zum Tode.

Nachdem der verunglückte Lkw festsitzend zum Anhalten gebracht worden und beidseitig auf der Brücke von Polizeifahrzeugen umzingelt worden war, begann der Kriminalpsychologe des zuständigen Spezialeinsatzkommandos per Lautsprecher (als erklärter Freund und Helfer) auf die Insassen einzureden, um sie zur wahrnehmbaren Aufgabe ihres Raubunternehmens zu bewegen; er tat dies mit der Hauptbegründung, dass sie „sowieso keine Chance mehr" hätten „zu entkommen". Frank und Christine allerdings entledigten sich ihrer Waffen nach Aufforderung dazu nicht, sondern verharrten fürs Erste regungslos in der Lasterkabine.

Da das suggestive Einreden des Psychologen, alle Waffen aus dem Fenster zu werfen und sich per Zeichen zu ergeben, erfolglos blieb, ordnete der Einsatzleiter des SEKs (nach gewährter Bedenkzeit) die Bergung des Lastkraftwagens an. Sodann begann die herbeigerufene Berufsfeuerwehr, gut gedeckt und vorsorglich unter Androhung finaler Rettungsschüsse zum Feuerschutz aller Einsatzkräfte, die Bergungsaktion des Unfallwagens; und zwar so, dass sie sich hinten mit einem seilwindbestückten Spezialfahrzeug an sein Heck klammerten und Position für den Zug bezogen.

Die Straftäter waren damals bei ihrer Flucht also in eine Falle geraten, die sie sich mit dem schweren Wagen gewissermaßen selbst ausgesucht hatten und die scheinbar unentrinnbar war. Damit Leserinnen und Leser unmittelbarer vernehmen können, was sich an jenem denkwürdigen Tag des Nachts auf jener und um jene Brücke in östlicher Übersee abgespielt hat, soll die schier ausweglose Situation einer Schwebe über dem Wasser nach dem Fluchtversuch vorwiegend in direkter Rede und Gegenrede geschildert (nacherzählt) werden. Soweit mir der Wortlaut des Dialoges zwischen Frank und Christine aufgrund des ausgiebigen E-Mail- und Telefonverkehrs mit ihr betreffs der ganzen Wahrheit bekannt ist, habe ich ihn im folgenden Kontext eines existenziellen Zwiegespräches dem Sinn nach unverfälscht, wiewohl hie und da sprachlich etwas aufgepeppt und logisch ergänzt, wiedergegeben und mit dem restlichen Text besagtem Publizisten aus Europa weitergegeben. Somit, und mit dem Zusatz eingestreuter erklärender Kommentare zum folgenden Geschehen, sollen sich die Rezipienten ein sachliches Bild von dem Klondrama machen können, das mehr oder weniger alle Beteiligten dieser Geschichte, ausgelöst durch jenen

Raubüberfall, im frühen 21. Jahrhundert quasi uraufge-
führt haben.

Meine hoffentlich noch gespannten Damen und Herren
mit Sinn für Tragikomik, nehmen Sie die heikle Unterre-
dung über dem Abgrund also unmittelbar gemäß verlaut-
barter Perspektiven des anscheinend schon gescheiterten
Heldenpaares wahr, welches das Streitgespräch (unter
anderem über Schuld und Sühne, über Liebe, Tod und
Leben) verärgert und vorwurfsvoll eröffnet hat:

Frank: „Ich fass es nicht. Wir stecken fest hier auf der
Brücke. Der verdammte Laster rührt sich nicht mehr. Die
Räder gehen durch, wenn ich den Rückwärtsgang einlege
und Gas gebe. Nur das Heck rutscht dabei etwas in Richtung Seitensperre, wie es aussieht. Nach vorne will ich es
nicht weiter riskieren. Ich bin doch nicht lebensmüde!
Wer weiß, was dann passieren würde. Wahrscheinlich
würden wir draufgehen bei der Aktion.“

Christine: „Scheiße, Gott im Himmel! Was hab ich mir
da nur wieder angetan mit dir? Das muss hier mit dem
Teufel zugehen. Warum bist du denn nicht rückwärts von
dieser vermaledeiten Brücke heruntergefahren? So was
kannst du doch! So hätten wir noch versuchen können,
anderswo zu entkommen. Zum Umdrehen ist hier doch
sowieso zu wenig Platz mit der langen Maschine.“

Frank: „Ich wollte keine Zeit verlieren. Das Rückwärts-
fahren hier auf eng begrenzter Straße geht nur langsam
mit dem großen Dreiachs-Laster. Die Cops sind uns bestimmt auch schon von hinten dicht auf den Fersen. Ein
paar Mal hin und her, und das Wenden wäre selbst hier
zügig möglich gewesen. Verdammt noch mal, ich war zu

unvorsichtig bei der Kehre! Ich habe die Nerven dabei verloren."

Christine: „Warum bist du eigentlich nicht einfach geradeaus weitergefahren, um die Sperre aus dem Weg zu räumen? Mit dem schweren, PS-starken Lkw kannst du doch fast alles beiseite schieben, was dir in die Quere kommt."

Frank: „Auf der seitenbegrenzten Straße hätte das bestimmt nicht funktioniert. Die Kleinbusse der Polente sind zu groß dafür. Die hätten sich dabei mit angezogener Handbremse über kurz oder lang bestimmt so ineinander verkeilt, dass sie nicht mehr zu durchstoßen gewesen wären. Außerdem hätten die ausgelegten Nagelgurte vor den Bussen unsere Reifen zum Platzen gebracht und unser Fahrzeug also schon stark gelähmt. Jetzt bräuchte ich den schweren Kettenpanzer, den ich beim Militär gefahren habe, verflixt noch mal! Mit dem könnte ich die ganze Sperre plattwalzen."

Christine: „Verfluchter Mist! Jetzt ist wohl alles verloren? Rechts und bald links von uns nur noch Bullenschweine. Uns steht das Wasser bis zum Hals. Wärst du mir doch bloß nie über den Weg gelaufen, du krimineller Stümper! Warum hab ich mich nur auf den Scheißüberfall mit dir eingelassen?"

Frank: „Halt's Maul, mieses Drecksstück! Ich musste dich nicht mehr groß zur Tat anstiften, nachdem du das viele Geld in Aussicht gesehen hast, das man mit dem Coup auf einen Schlag verdienen kann. Deine moralischen Skrupel spielst du mir doch immer nur aus Berechnung vor. Wer hat mich denn auf die Idee zu dem Raub gebracht? Warst das nicht du mit deinem abartigen Bericht über einen schwanzgesteuerten Geldboten, der es im Suff auf dich abgesehen hat?"

Christine: „Widerlicher Drecksack! Ich habe dir doch nur spaßeshalber erzählt, was ich damals mit dem leichtsinnigen Angeber erlebt habe. Ich selbst habe da nichts Verbotenes reingedichtet. Der Plan zum Raub ist allein in deinem kranken Verbrecherhirn entstanden."

Frank: „Aha, du wäschst deine Händchen in Unschuld, nachdem unsere gemeinsame Sache schiefgegangen ist. Typisch treuloses Weib! Aber Schwamm drüber. Die Streiterei hilft uns jetzt nicht weiter. Überlegen wir besser, ob wir doch noch irgendwie aus dieser beschissenen Lage kommen können, ohne eingesperrt zu werden! Lass uns die Waffen vorerst behalten und uns ruhig in Deckung verhalten, entgegen anderslautender Befehle. Wir brauchen Zeit zum Nachdenken."

Christine: „Dann überleg mal schön, du Meisterdieb! Ich sehe keine Möglichkeit mehr, hier zu entkommen."

Frank: „Wir könnten die Schotten dicht machen und uns verschanzt auf den Boden des Führerhauses legen. Aber das ist auf Dauer keine Lösung. Sie werden uns mit Gewalt herausholen, wenn wir nicht freiwillig aussteigen, sobald der Laster geborgen ist, tot oder lebend; oder uns so lange aushungern lassen, bis wir aufgeben und herauskommen. Unsere Waffen nützen uns da langfristig auch nichts mehr. Eine Geisel können wir unter diesen Umständen nicht nehmen, um womöglich freies Geleit zu erzwingen. Das Einzige, was mir jetzt noch zu unserer Rettung einfällt, ist zu hoffen, dass ein Naturwunder geschieht, bevor sie uns hier rausziehen und einbuchten."

Christine: „Welches Wunder? Ich dachte, du glaubst nicht an so was!"

Frank: „Dass zum Beispiel ein Meteorit aus dem All Richtung Erde fliegt, dank Anziehungskraft auf den blauen Planeten zurast und in die Brücke rechts von uns einschlägt, die präsenten Bullen dabei draufgehen oder im Fluss ersaufen, unser Laster aber relativ sanft ins Wasser stürzt, mit dem Strom flussabwärts treibt, bevor er untergeht, sodass wir mit dem Geld in die Freiheit entschwimmen können. Ich habe gerade schon eine helle Sternschnuppe gesehen, die es recht weit herunter in der Atmosphäre geschafft hat, da oben im Einbruch der Dunkelheit."

Christine: „Ich fass es nicht! Ich habe gar nicht gewusst, dass du ein Romantiker bist, du Spinner! Soll ich in dieser schlechten Lage denn auch noch Spaß mit Galgenhumor verstehen? Oder soll ich deine Hirngespinste ernst nehmen? Wie wär's dann mit meiner Idee: Ein Tornado – nein, besser noch ein Hurrikan – wird gleich im Sturm bei uns vorbeiwirbeln, den Laster kraft des Luftsogs hoch ziehen und uns vorzeitig sicher in den Himmel schleusen. Gefällt dir das, mein Liebster?"

Frank: „Diese Möglichkeit gibt es nicht für mich. Ich bin kein kirchengläubiger Mensch, wie du weißt. Ich habe nie an Gott und den ganzen heiligen Schrott drum herum geglaubt. Als Realist kann ich mich hier nur noch an meine Vorstellung mit der Sternschnuppe klammern."

Christine: „Aber die ist doch auch völlig abwegig!"

Frank: „Ja, aber sie ist meine letzte verzweifelte Hoffnung hier, denn Brücken stürzen normalerweise nicht einfach so ohne Sprengung ein. Ich will nicht ins Gefängnis. Ich befürchte, ich bekomme nahezu lebenslänglich bei der Schwere meiner Schuld. Schließlich bin ich es, der planmäßig hinter allem steht, was wir verbrochen haben. Wir begingen den Raubversuch zwar ohne Mord, allerdings mit Waffen und Schussgebrauch damit. Lieber tot als in einer Zelle lebend begraben! Ich will nicht mehr! Ich kann nicht mehr! Ich glaube, ich erschieße mich mit der Pistole, bevor sie uns verhaften können."

Christine: „Bist du wahnsinnig? Du kannst mich doch jetzt nicht im Stich lassen! Typisch treulose Männer: Wenn es gefährlich wird, ziehen sie sich feige zurück. Ich brauche dich. Ich liebe dich doch. Lass mich nicht allein hier in Not!"

Frank: „Entschuldige, Liebling, dass ich so egoistisch dachte. Ich lass dich nicht im Stich! Ich werde günstig für dich aussagen. Vielleicht bekommst du dann mildernde Umstände zugesprochen – wegen verminderter Schuldfähigkeit. Mein Arsch ist sowieso nicht mehr aus dieser ganzen Scheiße herauszuretten, aber womöglich deiner. Umbringen kann ich mich im Knast später immer noch, wenn er zu schwer zu ertragen sein sollte. Beim Verhör sage ich wahrheitsgemäß aus, dass der ganze Raub samt Überfall auf meinem geistigen Mist gewachsen sei. Du dagegen wärst unter meinem Druck aus Liebe gezwungenermaßen in meinen schändlichen Plan mit hineingezogen worden. Wenn wir das dem Richter glaubhaft machen können, wirst du vielleicht weit weniger lange eingesperrt als ich."

Christine: „Ich weiß nicht, ob das funktioniert. Aber danke, mein Schatz, versuchen kannst du es. Wenn's drauf ankommt, kann man sich halt auf dich verlassen. Im Großen und Ganzen bist du doch ein liebenswürdiger

Mensch. Lass dich noch einmal umarmen und küssen, bevor wir hier gefasst werden! Die Bullen sind nun schon alle da zum Festnehmen, wie es aussieht. Sie werden wahrscheinlich bald damit beginnen, uns irgendwie herauszuziehen, auch wenn wir noch scharfe Waffen haben."

Frank: „Ja Liebling, seien wir lieb zueinander zum Abschied, bis auf ein baldiges Wiedersehen vielleicht. Lass uns die gemeinsame Zeit hier in Freiheit noch bis zum Letzten auskosten! Es kann Stunden dauern, bis uns ein Bergungstrupp hier herausgeschafft hat, damit die Bullen zuschlagen können."

Christine: „Halt mich fest, Liebster, gib mir Geborgenheit! Nimm mich noch einmal, bevor wir getrennt werden. Ich möchte doch schon lange ein Kind von dir. Im Falle einer Schwangerschaft wäre der Knast bestimmt erträglicher. Es gibt nette Mutter-Kind-Stationen in den Frauengefängnissen, soviel ich weiß. Ich würde dafür kämpfen, mein Baby selbst großziehen zu können, und auf dich warten, wenn ich draußen bin, bis auch du wieder freikämst. Das verspreche ich dir. Komm, Liebling, zieh dich aus und gib es mir noch einmal stark von hinten! Keinen Blümchensex hier mit langem Vorspiel, bitte! So wirst du schnell zum Orgasmus kommen. Wir haben hier nicht mehr viel Zeit miteinander. Mach schon!"

Frank: „Gute Idee! Wir können uns austoben bei der Nummer. Der Laster sitzt fest auf Beton und zwischen Eisengestänge, wie es aussieht. Aber warum sollte es mir hier gelingen, dir ein Kind zu machen? Das hat ja bisher auch nicht geklappt! Nicht einmal die Ärzte konnten uns mit ihrer Befruchtungstechnik weiterhelfen, obwohl wir viel damit ausprobieren haben lassen, sogar über Schulden. Sie meinen, es liege an mir, an meinem schlechten

Sperma. Ich kann mich immer noch nicht recht damit abfinden, dass ich ein Zeugungsversager im Verkehr der Geschlechter sein soll. Das kratzt an meiner Ehre.“

Christine: „Dann glaube doch einfach nicht daran! ‚Der Glaube kann Berge versetzen‘, sagt ein Sprichwort. Komm jetzt endlich her zu mir, und mach mir noch mal flott die Liebe! Lass es uns ein letztes Mal versuchen! Vielleicht klappt es ja hier mit einem Kind von uns beiden. Nach der Regel müsste ich gerade eins empfangen können. Den Zufall müssen wir nutzen! Auf einen letzten Versuch könnte es ankommen.“

Frank: „Ja, Liebling, lass es uns sofort tun hier, hemmungslos, bevor wir zwangsweise getrennt werden. Komm, mach deine Beine noch einmal breit für mich. Nein, Quatsch! Lass es uns von hinten machen, wie du vorgeschlagen hast. Zieh dich aus und beug dich her zu mir, auf allen vieren; am besten über die Mittelkonsole. So müsste es gut gehen, trotz der Enge der Fahrerkabine. Lass uns vor dem Fick aber schnell noch die Fenster mit Klamotten und Papier verhängen, so gut es geht. Kein Bullenschwein soll Einblick haben in das, was wir hier treiben. Höchstwahrscheinlich wird es nichts mit dem Nachwuchs. Das ist ziemlich gewiss. Aber wir lassen uns den Spaß von keiner Macht der Welt verderben.“

Trotz (oder gerade wegen) der angespannten Situation, in der sich Frank und Christine befanden, begehrten sie sich an jenem Raubabend an dieser Stelle des Zwiegesprächs aus voller Lust heraus und vollzogen auf der Stelle den Geschlechtsakt miteinander; und zwar auf eine Weise, die umgangssprachlich durchaus als „Quickie“ bezeichnet werden kann. Das heißt, dass Christine sich, wie von Frank angeraten, quer über der Mittelkonsole des Lkw-Führerhauses auf Händen und Knien aufbaute, woraufhin er sich von hinten über sie beugte, in sie eindrang und relativ schnelle Penetrationsbewegungen startete, die er bis zum Samenerguss durchzog. Subjektiv gesehen, war die Eile geboten, denn kein anwesender Mensch, wahrscheinlich nicht einmal die später hinzukommenden Feuerwehrleute, konnten angesichts des außergewöhnlichen Unfalls eines Muldenkippers auf einer Brücke genau (objektiv) sagen, wie lange die nötige Bergungsaktion dafür dauern würde.

Aber nun zurück zum Dialog des Verbrecherpaares nach ihrem Geschlechtsverkehr in heikler Notsituation:

Christine: „Herrlich, mein Schatz! Das hast du noch mal gut gemacht – kurzweilig, beherzt und sehr durchdringend. Wenn du noch etwas weitergemacht hättest, wäre wahrscheinlich auch ich zum absoluten Höhepunkt gekommen. Aber das macht nichts. Es war auch so geil genug. Wer weiß, vielleicht wird ein Kind daraus entstehen, aus unserem Fleisch und Blut. Ich wünsche es mir so arg! Wir werden voraussichtlich lange nicht mehr miteinander vögeln können, nachdem wir hier befreit worden sind, zum Entzug unserer Freiheit. Im Gefängnis werden wir uns bestimmt nicht zum Sex treffen können. Vielleicht bekomme ich mildernde Umstände. Wenn ja, dann komm ich dich später bald als Freundin im Knast besuchen. Ich verspreche es dir, mein Liebster!"

Frank: „Ich werde auf dich warten und hoffe, dass du auf mich wartest, falls du vor mir draußen bist. Ich werde alles zutiefst bereuen und mich gut führen beim Vollzug in der Anstalt. So werde vielleicht auch ich bald wieder auf freiem Fuß sein. Schließlich habe ich bei dem Raubüberfall keinen Mord begangen, um ihn sicherer zu machen. Den unverhofft aufgetauchten Autofahrer hätte ich auch näher herankommen lassen können, um ihn gezielt umzulegen. Womöglich ist er undank Handy an allem schuld, da es so weit mit uns hier gekommen ist."

Christine: „Gute Idee! Setz dich mit aller Kraft für eine frühestmögliche Entlassung aus dem Gefängnis ein. Lass dich, so gut es geht, verteidigen. Somit soll die Strafe erträglich für dich ausfallen, die man dir aufbrummt. Hilf dir selbst, dann hilft dir auch Gott. Er wird dich behüten. Bete zu ihm hinter Gittern und er wird dich erhören. Lobe und preise seinen Namen, und er wird dich dereinst erretten aus aller Not."

An dieser Stelle ihres Gespräches auf prekärer Schiefebene versuchte Christine ihrem Frank also das Vertrauen auf Gott als letzten Halt sozusagen beizubringen – wie schon des Öfteren in ihrem Zusammenleben, wie ich nachträglich erfuhr. Frank aber blockte daraufhin fürs Erste wie gewohnt desinteressiert ab. Vielmehr gab er dem Gedankenaustauch eine überraschende Wende, der Christine anfangs recht skeptisch gegenüberstand, die sie letztendlich jedoch mitzuvollziehen bereit war. Aber vernehmen Sie direkt, aufgeschlossene Leserinnen und Leser, wie Rede und Gegenrede mit der Erwiderung Franks auf Christines letzte Worte damals über dem Abgrund weitergingen:

Frank: „Ich glaube nicht an deinen obersten Herrn, den angeblich Allmächtigen; auch jetzt nicht in meiner aussichtslosen Lage. Ich will nicht in den Himmel kommen für ein ewiges Leben, sondern ein gutes Leben auf Erden führen können. Nun, da alles verloren ist, kann ich es dir ja beichten: Ich hatte mit dem Raub nämlich noch einen anderen Plan, den ich nach der Tat mit dem Geld verfolgen wollte, um mich aus meiner ganzen Misere herauszuretten. Ich spekulierte darauf, dass du mir dabei wieder helfen würdest. Aber dafür gibt es jetzt wohl keine Gelegenheit mehr. Mein Lebensplan mit der schönen Knete ist vereitelt.“

Christine: „Welchen neuen Plan? Du sprichst in Rätseln. Weih mich gefälligst ein!“

Frank: „Wenn mit dem Raub alles gut gegangen wäre, so hätte ich versucht, mir mit einem Teil der Beute meinen Wunschtraum zu erfüllen; und zwar den, technisch endlich ein Kind mit dir zeugen zu lassen, um dadurch ein besserer Mensch werden zu können, als ich jetzt einer bin.“

Christine: „Wie, glaubst du wirklich, du könntest von heute auf morgen grundanständig werden, nur weil du Vater geworden bist?“

Frank: „Nein, so habe ich das nicht gemeint.“

Christine: „Wie denn dann? Wie soll ich denn das verstehen? Bist du jetzt völlig verrückt geworden hier vor dem Abgrund? Wir können laut den Ärzten doch keine leiblichen Kinder miteinander bekommen, auch mit technischer Hilfe nicht. Zu meiner künstlichen Befruchtung haben wir schließlich schon alles Menschenmögliche versuchen lassen. Was hat nach deiner Vorstellung ein Nachkomme von uns denn, bitte schön, mit deiner besseren Menschwerdung zu tun? "

Frank: „So viel, dass eine genetisch zweite Natur meinerseits die Gelegenheit bekommen sollte, ein gutes, ein charaktervolles Leben in die Kultur der nächsten Generation hineinführen zu können."

Christine: „Ich verstehe immer noch nicht, was du mir damit eigentlich sagen willst. Wahrscheinlich brütet dein Verbrecherhirn gerade wieder ein ganz krummes Ding aus."

Frank: „Ja, wahrscheinlich hätte das, was ich ursprünglich mit den Raubmoneten auch vorhatte, die Grenze der Legalität wieder überschritten. Aber es hätte uns beide aus unserer Notlage heraushelfen können. Ich wollte mit dem gesetzlosen Streich im Handumdrehen nämlich zwei Fliegen mit einer Klappe schlagen. Erstens hätte damit unser Kinderwunsch in Erfüllung gehen können, der bei dir ja mindestens so groß ist wie bei mir. Und zweitens hätte damit mein Selbstverwirklichungswunsch erfüllt werden können, ein tadelloser Ehrenmensch zu werden."

Christine: „Ich weiß immer noch nicht, worauf du hinauswillst. Ich hab hier keine Lust auf schwierige Denksportaufgaben. Sag es mir endlich geradeheraus: Wie lautete dein Plan mit mir und dem Geld nach dem Raub, wenn er geklappt hätte?"

Frank: „Also gut, aber dafür muss ich weiter ausholen. Pass auf, wie ich mir das ausgedacht habe: Ich wollte mich durch dich klonen lassen, Liebling; mit der Hilfe eines erkauften Spezialisten auf dem Gebiet der Gentechnik. Somit sollte mein Verlangen Wirklichkeit werden, eine zweite Chance im Leben von Beginn an zu bekommen, die bestmöglich zu nutzen wäre. Dafür hätte ich mit der geklauten Kohle meiner genetischen Zweitexistenz eine vorzügliche Erziehung und Bildung zukommen lassen und uns davon möglichst ferngehalten, um sie nicht zu verderben. Auf alle Fälle sollte mein leiblicher Doppelgänger nicht wie ich auf die schiefe Bahn geraten. Nichts sollte in Zukunft dabei dem Zufall überlassen werden. Entschuldige, Liebste, aber wir beide könnten mit Sicherheit nicht direkt beste pädagogische Voraussetzungen bieten, da wir sie selbst nicht bekommen haben. Du weißt doch, wie mein gewalttätiger Vater mich zeit seines Lebens behandelt hat und was deine Elternschweine an dir verübt beziehungsweise zugelassen haben. Im Suff hat mein Alter regelmäßig auf mich und meine Mutter eingeschlagen, vermutlich aus Selbsthass heraus. Und bei euch ging's ähnlich derb zu, wenn nicht noch abartiger. Schließlich hast du mir dereinst unter Tränen erzählt, dass dein lieber Papa dich als Heranwachsende über mehrere Jahre hinweg sexuell missbraucht habe, wobei deine Mutter aus Angst vor ihm die Augen davor verschlossen habe."

Teure Leserinnen und Leser! Gemäß Franks Antwort auf Christines letzte Frage ging es ihm in erster Linie gar nicht, wie mir Christine damals bei der halben Wahrheit fälschlicherweise mitteilte, um einen geklonten Embryo von sich, sodass er trotz seines samenbedingten Defektes leiblicher Vater werden könne. Vielmehr verfolgte er vordringlich offenbar die Absicht, trotz seiner gegebenen Unfruchtbarkeit und angesichts seines verpfuschten Lebens, durch eine genomische Kopie von sich als geklontes Objekt in Zukunft subjektiv ein besserer Mensch werden zu können. Er war in puncto von dem Gedanken besessen und geleitet, dass eine zweite Leiblichkeit von ihm womöglich ein viel seelenreicheres Leben verwirklichen kann als er als Original zu führen im Stande war. Es ärgerte ihn offenkundig Zeit seines verdammten Lebens, dass er aufgrund seiner pädagogischen Umstände kein tadelloses Mitglied der Gesellschaft werden konnte, sondern auf die schiefe Bahn in der Gemeinschaft der Menschen geriet. Dagegen sollte seine ganze Erbanlage embryonal erneut aktiviert werden, damit er sich als heranwachsende Wiedergeburt sozusagen bei besseren Erziehungsbedingungen zu einer vorbildlichen Person entwickeln könne. Sein Genmaterial sei in moralischer Hinsicht bestimmt nicht so schlecht, dass man nichts Gutes daraus hervorbringen könnte.

Hätte Frank einen eineiigen Zwilling in günstiger Lage für ein anständiges Leben gehabt, hätte er seinen Wunsch auf die Nutzung einer Gelegenheit für eine bessere Entwicklung seines erblichen Wesens prinzipiell nicht so umständlich über die Klontechnik herbeisehnen müssen. Es wäre doch möglich gewesen, dass seine Eltern – bei genetisch identischem Kindersegen – wegen Überforderung ein Zwillingsexemplar mit gleicher genomischer Ausrüstung zur Adoption freigegeben hätten, was erziehungsgemäß bei vortrefflichen Eltern höchstwahrscheinlich eine einwandfreie Genese des betreffenden Kindes nach sich gezogen hätte.

So viel ich aus den gründlichen Schilderungen Christines weiß, haben Franks Eltern damals in ihrer sozial schwachen Stellung sogar tatsächlich kurz überlegt, ob sie ihn an reiche und gebildete Verwandte abgeben sollten, deren Hoffnung auf einen Sohn sich nicht erfüllte, die sich aber sehnlichst einen männlichen Nachkommen wünschten und Frank also massiv nachfragten, schon weil eine anderweitige Adoption dafür sehr schwierig war. Da es diesbezüglich allerdings nur bei der Überlegung blieb, fragte sich Frank wohl Zeit seines verfluchten Lebens, warum gerade er kein guter Mensch in der sozialen Welt seiner Spezies werden konnte. Wenn es auf Erden irgendeine ausgleichende Gerechtigkeit für seinen Fall gäbe, sollte sie, wenn möglich, unter allen Umständen hergestellt werden; koste es, was es wolle.

Erkunden Sie indes besser direkt an der Wechselrede, interessierte Leserinnen und Leser, was Christine Frank in extremer Schwebesituation über dem Abgrund ferner auf seine Worte erwidert hat:

Christine: „Ja, das mit dem Missbrauch durch meinen Vater habe ich so weit wie möglich verdrängt. Es stimmt jedoch schändlicherweise. Mit Ekel kann ich mich daran erinnern. Lass uns nicht weiter darüber reden, sondern über unsere Zukunft!

Es geht dir in unserer Beziehung wohl nur um dich, wenn ich recht verstanden habe. Ich traue meinen Ohren nicht! Du wolltest dein Leben durch mich in die nächste Generation retten, um unter besseren Umständen ein guter Mensch werden zu können, auf der Basis deiner ursprünglichen Gene. Das ist doch an Verrücktheit nicht mehr zu überbieten. Niemals könntest du das selbst sein, was da als Klon geboren werden würde. Dieser Mensch wäre bestimmt nicht identisch mit dir, sondern eine vielleicht ähnliche, aber andere Person als du mit jüngerem Alter."

Frank: „Aber damit rechne ich doch gerade, Liebes. Die Mutationsrate bei männlichen Menschen ist sowieso doppelt so hoch wie bei Frauen, habe ich kürzlich gelesen. Ich glaube ohnehin nicht an ein feststehendes Ich, an eine Wesenseinheit im grundsätzlichen Sinne. Die Vorstellung von so etwas Unwandelbarem macht mich traurig. Das ist ein altes Standarddenken im verehrten Begriff der Identität, was dich skeptisch macht; das Verlangen nach etwas, das uns innerlich zusammenhält. Aber das moderne Subjekt sei angesichts der Schnelllebigkeit in Auflösung begriffen, sagen die heutigen Philosophen. Der Mensch ist ein anderer von Jahr zu Jahr und von Geschichte zu Geschichte. So, wie wir uns im Leben mit der Zeit verändern können, soll auch mein zweites Leben ein anderes sein als mein jetziges; und zwar ein besseres, bei gleicher genetischer Ausgangslage."

Christine: „Ich versteh schon. Du verlangst aus Trotz nach derselben Veranlagung, allerdings nach einem anderen Leben damit. Aber wo wäre ich denn bei der ganzen Klonaktion geblieben? Daran hast du bestimmt wieder nicht gedacht, typisch!"

Frank: „Aber du hättest doch prinzipiell das Gleiche mit dir machen lassen können. Meinetwegen hätten wir auch erst dich und dann mich klonen lassen können, wenn du das gewollt hättest. Ich habe mich wissenschaftlich kundig gemacht. Prinzipiell müsste das funktionieren, durch den so genannten Zellkerntransfer in eine entkernte Eizelle. Mit den Tieren hat das Klonen so ja schon oft geklappt. Für die Wiederbelebung geliebter Haustiere als Klone geben Menschen heute bereits viel Geld aus. Amerikanische Wissenschaftler haben es mittels Zellkerntransfer angeblich sogar schon geschafft, für die Stammzellenforschung ein paar menschliche Embryonen zu klonen, die man versuchsweise in Gebärmütter hätte einpflanzen können – zur Austragung eines Kindes oder gar mehrerer. Das ist ja nicht überall auf der Welt ausdrücklich verboten, soviel ich weiß. Abgesehen davon habe ich kürzlich in der Zeitung gelesen, dass Körperzellen neuerdings auch direkt ohne Zellfusionstechnik zu embryonalen Stammzellen zurückfrisiert werden können. Das auf den Menschen übertragen, kann man in absehbarer Zeit vielleicht gleich solche runderneuerten Teile zum erfolgreichen Klonen verwenden."

Christine: „Aber faktisch hat es doch noch gar nicht funktioniert mit dem Klonen eines lebendigen Menschen. Wer weiß, was da andernfalls herauskommen würde – womöglich ein körperlich und geistig krankes Kind, das sich zu einem Monstrum entwickelt! Ich habe schon einige Schauergeschichten über das Klonen von Tieren gehört. Zeit seines Lebens war das Klonschaf Dolly doch nicht ganz bei Gesundheit und ist bereits nach der Hälfte der durchschnittlichen Lebensdauer verendet. So viel man weiß, ist bis jetzt noch kein Mensch technisch in die genetisch gleiche Vermehrfachung gebracht worden. Nur Tiere hat man da zwangsweise schon hineingetrieben."

Frank: „Ja, das stimmt, nach dem offiziellen Informationsstand. Es wird jedoch bestimmt bald soweit sein mit dem ersten Klonmenschen, Liebling, glaube es mir! Möglicherweise hätte es schon in unserem Fall so weit sein können, wenn der Raubüberfall geglückt wäre. Die Klontechniker arbeiten fleißig an der wundersamen Vermehrung erbmateriell identischer Kreaturen. Bei einigen Tieren funktioniert das Klonen serienmäßig bereits ohne große Probleme, zum Beispiel bei Katzen. Warum sollte es dann mit dem Menschen denn nicht auch irgendwann gut gehen? Wir sind nach der modernen Wissenschaft doch auch nur ein Säugetier unter anderen, auch wenn wir die Vernunft gepachtet haben. Manche Pflanzen und Tiere praktizieren das Klonen ganz selbstverständlich zur Vermehrung. Einen Klonversuch mit uns in der Not wäre es wert gewesen. Wir hätten bei unserer schlechten Ausgangslage mit dem Kinderkriegen doch nichts mehr zu verlieren gehabt. Eine Abtreibung wäre immer noch möglich gewesen, falls Vorsorgeuntersuchungen zu einer Schwangerschaft etwas Behindertes hätten erwarten lassen."

Christine: „Du kannst doch nicht alles glauben, was dir die Wissenschaft vorgaukelt! Zu viel Wissen verdirbt den Menschen. Adam und Eva wurden aus dem Paradies vertrieben, sobald sie verbotenerweise vom Baum der Erkenntnis gegessen hatten. Nichtsdestotrotz ist der Mensch die Krone der Schöpfung nach Gottes Plan und Ebenbild! Mit seiner Kultur steht der Mensch über der Natur und hat somit Anteil am Überirdischen."

Frank: „Du solltest besser deinerseits nicht alles ernst nehmen, was dir dein Glaube verspricht! Wenn ich in der Bibel lese, fühle ich mich größtenteils nur verarscht. Das, was da drin steht, hat doch nicht viel mit gesundem Menschenverstand zu tun. Ich glaube nicht an Gott, sondern dem Darwin. Ich habe kein Problem damit, vom Primaten abzustammen und eng mit dem Affen verwandt zu sein. Ich weiß, du bist religiös gepolt. Das liegt an deiner tief christlichen Erziehung. Nach dem sexuellen Missbrauch durch deinen Vater hat dich das Jugendamt konfessionsgerecht in ein katholisches Heim gesteckt, wo du es neben dem Dienst an Gott, schlau, wie du bist, bis zum Abitur geschafft hast, bevor du mich kennen lerntest. Ich dagegen hatte niemals im Leben die Möglichkeit dazu, eine höhere Schule zu besuchen. Ich bin zwar auch nicht auf den Kopf gefallen, aber ich musste mich von Anfang an mit nächstbesten Arbeiten durchschlagen. Immerhin habe ich es so am Bau zwar nicht bis zum Ingenieur, aber bis zum Polier gebracht."

Christine: „Oh, du Armer! Im Gegensatz zu der Hölle, die ich als Teenager durchleiden musste, hast du ja fast noch Glück gehabt mit deinem Elternhaus. Ich weiß jedoch, du hast es auch alles andere als leicht gehabt. Und deshalb möchtest du eine zweite Existenzmöglichkeit bekommen, weil du meinst, um ein gutes Leben betrogen worden zu sein. Das kann ich freilich nachvollziehen. Aber auf was für eine übergeschnappte Art und Weise willst du das denn? Das Klonen von Menschen zur Überwindung des natürlichen Todes ist doch ein Irrsinn höchsten Grades. Das hat nichts mit machbarer Realität zu tun! Wenn du wenigstens an die Wiedergeburt der Buddhisten glauben würdest, da du schon nicht das ewige Leben nach dem Tod annehmen willst, das die Christenheit bietet!"

Frank: „Wie funktioniert denn die Wiedergeburt bei den Buddhisten? Kläre mich auf, Liebling! Du kennst dich in den Religionen besser aus als ich."

Christine: „Nach der buddhistischen Glaubenslehre müsstest du deinen Wunschtraum auf ein zweites Leben nicht so kompliziert in Erfüllung bringen lassen wie mit dem Klonen. Der zufolge werden nämlich alle Lebewesen automatisch wieder in die Welt hineingeboren, sobald sie in den Tod hinausgestorben sind. Somit müsstest du dir den ganzen Mist an Wissenschaft und Technik nicht aufladen bei deiner gewollten Wiedergeburt. Im Kreislauf der Wiederkehr auf Erden könntest du dich da selbst aus eigener Kraft ohne Gott mittels Meditation und achtsamer

Taten Stufe für Stufe zu einem guten Leben hinaufarbeiten, bis du bei ganz guter Führung eines Tages vielleicht
im Gute-Seelen-Reich des Nirwanas den ewigen Frieden
finden würdest."

Frank: „Hört sich nicht schlecht an. Aber das mit den
großen Glaubensbekenntnissen ist mir alles zu weit her-
geholt. Da fürchtet man das normale Menschenleben, das
nun mal mit Leiden und Tod einhergeht. Da verspricht
man sich Glückseligkeit in ewiger Leichtigkeit. Das einzige, was ich dagegen verlange, ist, eine Gelegenheit für ein
geglücktes Erdenleben zu bekommen. Soviel ich weiß,
kann man bei der buddhistischen Wiedergeburt doch nie
sicher sein, als was man zurück vom Tod ins Leben
kommt; womöglich als Mistkäfer ohne alle menschlichen
Chancen. Im schlechtesten Fall stell ich mir da vor, zum
Beispiel von dir aus Ekel zertreten zu werden, ohne vorher genügend artige Taten für den Aufstieg vollbracht zu
haben. Bei der ganzen hundsgemeinen Scheiße, der ich im
Leben ausgesetzt war, möchte ich nicht als Tier, sondern
als klonierter Mensch mit guten Startbedingungen wieder-
kehren. So könnte ich mit der Zeit beweisen, dass genetisch ein guter Kern in mir steckt, worüber ich mir sicher
bin."

Christine: „Ich versteh schon, was du willst, aber das ist
doch alles viel zu übermütig erhofft. Vertrau lieber auf
Gott in deiner Not, wie alle normalen Menschen. Deine
Seele hat bestimmt keinen schlechten Kern. Da bin ich
mir auch ziemlich sicher. Es ist nur deine beschissene
Aufzucht, die dich an den Rand der Gesellschaft gebracht
hat. Deine Verbrechen wiegen nicht so schwer, als dass
Gott dich ewiglich in die Hölle verstoßen würde. Bei
glaubhafter Buße würdest du dich vom Fegefeuer aus

sicherlich in den Himmel hinaufarbeiten können. Ich will für dich beten, Liebling."

Werte Leserinnen und Leser! An dieser Stelle, wie auch an ähnlichen, fällt es Ihnen womöglich schwer zu glauben, dass Christine sich – als erwiesene Mittäterin eines bewaffneten Raubüberfalls – an solch traditionelle Glaubensinhalte wendet. Bedenken Sie dazu jedoch ihren katholischen Erziehungshintergrund und die ausgeprägte Doppelmoral vieler religiöser Menschen, und fahren Sie sogleich fort, die Geschichte weiter per Dialog zu rezipieren:

Frank: „Falsch gedacht, mein Schatz! Übergeschnappt sind gerade die großgöttlichen Religionslehren mit ihren Verweisen auf allmächtige Schöpferväter im Himmel. Wo bleibt denn da die Frau Mutter, frage ich dich? Wenn überhaupt, dann bekommt sie wie bei euch Christen glaubenstechnisch nur die zweite Rolle zugesprochen – oder vielmehr nur die vierte hinter Gott, seinem Sohn und dem Heiligen Geist. Im Islam wird die Frau hier fast ganz totgeschwiegen, soviel ich weiß, und in der Praxis entsprechend unterdrückt. Bedenke das gut, wenn du für die Freiheit bist."

Christine: „Ich bin für die Freiheit, aber die ist auf Erden nicht ganz zu kriegen, sondern nur im Paradies."

Frank: „Eine totale Freiheit gibt es nicht, sondern nur die relative. Ich will mich von den Zwängen des Lebens auf Erden in bodenständiger Manier befreien; eben durch die Technik des Klonens. Es gibt bereits einige Spezialärzte von Welt, die das Klonen von Menschen für möglich halten. Sie meinen, es sei nur noch eine Frage der Zeit, bis es gelinge. Auf jeden Fall haben es seriöse Wissenschaftler schon geschafft, menschliche Embryonen zu klonen, nämlich durch die Übertragung von Zellkernen aus der Haut in entkernte Eizellen. Somit müssten diese Dinger für eine Schwangerschaft nur noch in eine Gebärmutter hineingebracht werden. Bei einer solchen Befruchtung sind gar keine Samenzellen eines Mannes mehr nötig. Also könnten auch wir gemeinsam auf diese Weise prinzipiell noch Eltern eines leiblichen Kindes werden – in meinem potenziellen Fall mit dir nur als Vater beziehungsweise Mutter eines Sohnes. An der Vorstellung ist doch nichts Schlechtes, oder? Was soll daran denn böse sein?"

Christine: „So einfach, wie sich das bestimmte Leute von der Wissenschaft vorstellen, geht das Menschenklonen bestimmt nicht. Soviel ich weiß, ist es bis jetzt nur bei großkotzigen Vorhersagen geblieben. Die Spezialisten, die uns da das Blaue vom Himmel herunter versprechen, belügen sich selbst und betrügen andere dabei, wenn sie durch ihre verehrte Technik die Überwindung von Krankheit und Tod in Aussicht stellen."

Frank: „Da hast du vielleicht recht, meine Liebe! Aber es könnte doch auch sein, dass das Klonen von Menschen irgendwann tatsächlich gut klappt und folglich gesellschaftsfähig wird. Und warum nicht in unserem Notfall anfangen damit? Was wir mit den Tieren hemmungslos machen, sollte, menschenfreundlich gesehen, auch bei unserer Art zugelassen werden, wenn es funktioniert und zur Lösung von Problemen beiträgt. Schon mein Großvater, der Bauer, war im Prinzip ein Klontechniker, wenn er in dem bisschen Wald, das er hatte, abgebrochene Pappelzweige einfach in den Boden steckte, um neue Bäume relativ schnell heranwachsen zu lassen. Und wenn du dir jemals die Mühe gemacht hättest, einen Garten anzulegen, wärst du wahrscheinlich auch eine Meisterin des Klonens geworden – nämlich dann, wenn du Stecklinge angesetzt, Triebe abgesenkt oder Knollen gesteckt hättest."

Christine: „Pflanzen und Tiere sind keine Lebewesen mit Seelen, sondern eher Sachen! Der Mensch hat Kultur, Vieh und Grünzeug sind bloß Natur. Die Würde des Menschen ist unantastbar. Die Christenheit hat das versuchte Klonen von Menschen schon lange als böses und schlechtes Zeugs erkannt. Bestimmt haben die meisten Länder es bereits ausdrücklich per Gesetz verboten. Der Tod vieler Embryonen wird dabei mutwillig in Kauf genommen. Das ist doch skrupellos, denn sie alle könnten schließlich zu einem einzigartigen Menschen heranwachsen."

Frank: „Aber das ist doch bei der embryonalen Stammzellenforschung auch der Fall, wenn therapeutisch geklont wird! Und das ist auf der Welt weit weniger stark verpönt als das reproduktive Klonen. Tierische Embryonen wollen prinzipiell auch alle leben! Die Tiere sind wie der Mensch auch schmerzempfindlich, des Leidens fähig und von daher würdig, besonders geschützt zu werden. Die Seele ist ein Hirngespinst, eine gedankliche Ausgeburt der menschlichen Selbstüberschätzung. Ich halte mich bei meiner Klonmeinung nicht an Kirchen oder Staaten. Ich bin ein Weltbürger! Von deiner engstirnigen Christenheit habe ich doch noch nie etwas gehalten! Wie oft muss ich das denn noch sagen?"

Christine: „Du hast wirklich keinerlei Glauben in dir, der dich trägt. Anstatt der Religion vertraust du ganz der Technik. Das ist der Irrglaube in heutiger Zeit!"

Frank: „Deine Kirche fürchtet wohl einen Machtverlust durch die Heilsversprechungen der Gentechnik, falls sie gehalten werden können. Das deutet darauf hin, dass diese Technik viel Wahres in sich birgt. Die Priesterschaft hat wohl Angst davor, als Wächter über die menschliche Sexualität von der Klontechnik abgelöst zu werden. Mit dem Klonen aber ergibt sich die Möglichkeit zur körperlichen Bestimmung der Erzeugnisse von der Befruchtung an. Mittels der Methode des reproduktiven Klonens, erfolgreich etwa bei uns beiden angewandt, könnten wir vorher schon sicher wissen, dass äußerlich letztlich ein so strammer Bursche wie meiner einer herauskommen würde, oder auch ein so gut gewachsenes Mädel, wie du eines bist. Außerdem würdest du dabei zwar nicht in jungfräulicher, aber wenigstens in unbefleckter Empfängnis von mir schwanger werden können. Von deiner Kirche aus betrachtet, wäre das sicherlich ein großer Pluspunkt, was deine mögliche Himmelfahrt betrifft."

Christine: „Jetzt wirst du gemein, du Mistkerl. Beleidige mich nicht in meinem Glauben! Respektiere ihn so, wie ich deinen Unglauben akzeptiere und mit ihm fertig werden muss. Das Klonen von Menschen steht bestimmt nicht auf Gottes Erdenplan, sondern ist eine Betrügerei an seiner Weisheit und Güte. Die kreative Allmacht Gottes wird durch diese Teufelsbrut herausgefordert. Gerechterweise wird er Rache walten lassen wegen dieser Kränkung seiner Herrlichkeit, die sich der Mensch als Schöpfer künstlich hergestellter Lebewesen erlaubt. Das viele Misslingen beim menschlichen Klonen gibt offenbar ein warnendes Zeugnis davon ab. Der Mensch ist zwar die Krone der Schöpfung, er darf sich aber nicht als Schöpfer seiner selbst und anderer Kreaturen aufspielen. Ansonsten droht die Strafe Gottes. Das Leben ist doch etwas Heiliges, mit dem nicht verantwortungslos auf gut Glück herumgespielt werden darf."

Frank: „Aber warum hat es dein Allmächtiger denn dann überhaupt so weit kommen lassen, dass sich der Mensch in den Stand setzen konnte, höhere Lebewesen klontechnisch quasi neu zu erschaffen?"

Christine: „Woher soll ich denn das wissen? Vielleicht will Gott uns prüfen, ob wir seine Vorherrschaft in Sachen der Schöpfung anerkennen und in Ehren halten."

Frank: „Aber nach deinem Glauben sind wir, die Menschen, doch Gottes Ebenbilder. Warum sollten wir als solche denn nicht schöpferisch tätig werden dürfen, auch was die Evolution unserer eigenen Art angeht?"

Christine: „Weil Gott nun mal der alleinige Herrscher über die Schöpfung ist und da nicht hintergangen werden darf. Andernfalls bekommen wir dereinst bestimmt seinen Zorn zu spüren, etwa in Form von Epidemien oder Naturkatastrophen. Im Alten Testament heißt es, der Mensch solle sich kein Bild von Gott machen. Demnach hat er eigentlich nicht das Recht, sich als Ebenbild Gottes zu betrachten und sich somit als Gebieter der Schöpfung an ihr zu vergreifen."

Frank: „So gesehen hast du recht. Ich verstehe aber trotzdem immer noch nicht, warum dein Allmachtsgott dem Menschen dann überhaupt die Macht an die Hand gegeben hat, klontechnisch Kreaturen herzustellen, die überlebensfähig sind. Dolly zum Beispiel ist zwar nur gute sechs Jahre alt geworden, aber immerhin hat sie damit die halbe Lebenserwartung eines Schafes verwirklicht. Meines Wissens hat man bei ihr den Kern einer Euterzelle eines schon halb ausgelebten Schafes von sechs Jahren zur Befruchtung der Eizelle hergenommen. Hätte man in dem Fall den Kern einer Zelle von einem jungen Lammkörper zum Klonen benutzt, wäre Dolly wohl ein glückliches Leben fast über eine durchschnittliche Lebenszeit lang vergönnt gewesen."

Christine: „Da könnte deine Rechnung tatsächlich aufgehen. Insgesamt meine ich aber, dass der Mensch mit seinen Klongeschichten in eine Irre geht, die für ihn von Gott nicht vorbestimmt ist. Wenn es aber so ist, hätte der Allmächtige dem Menschen von vornherein diesen Holzweg abschneiden können. Das muss ich zugeben! Prinzipiell hat Gottvater vielleicht gar nichts gegen das Klonen, wenn schon einige Pflanzen und Tiere es ganz natürlich betreiben, wie du behauptest. Aber bei Mensch und Säugetier ist das doch eine unnatürliche Sache."

Frank: „Nicht natürlich? Bedenke mal, dass z. B. bei tausend Menschengeburten durchschnittlich drei bis vier mit eineiigen Zwillingen gesegnet werden, die man genetisch doch als Klone des jeweils anderen Zwillings sehen kann. Aber was ist denn schon natürlich beim Menschen? Krempelt er denn nicht seit Zigtausenden von Jahren die Natur heftig mit seiner Kultur um? Wahrscheinlich schon seit dem Zeitpunkt, als er begann, sich für den Kampf ums Dasein eine Sprache mit vielen Begriffen zu Eigen zu machen. Hat der Mensch denn für seine Zwecke nicht langsam, aber sicher etwa das asiatische Urkorn bis zu unserem fetten Futterweizen oder zur Braugerste heraufgezüchtet; und hat er nicht den wilden Wolf zum Schoßoder Kampfhund herangezähmt, je nachdem, wie er ihn brauchte?"

Christine: „Ich versteh, was du meinst! Die Natur beim Menschen ist schon lange keine natürliche mehr, weil er sie über Jahrtausende hinweg mit seiner Kultur umgewälzt und dabei veredelt hat, sozusagen. Das sehe ich ein. Lassen wir also meine Religion mal beiseite. Zwar kommt mir die Sache deiner gewollten Klonvermehrung nicht recht geheuer vor, auf einen Versuch jedoch hätten wir es vielleicht ankommen lassen können, wenn unser Raubüberfall geglückt wäre. Bedenke aber, mein Lieber, dass du als lebendiger Klon deines jetzigen Körpers wahrscheinlich höchstens eine Zwei-Drittel-Lebenserwartung haben würdest, nach deiner Berechnung mit Dolly. Schließlich hast du als Endzwanziger bestimmt schon ein Drittel deiner normalen Lebenszeit verbraucht."

Frank: „Stimmt, aber ich hätte doch sonst höchstwahrscheinlich keine andere Möglichkeit mehr gehabt, eine Nachkommenschaft zu bekommen, nicht mal eine adoptierte. Im Falle einer glücklichen Klon-Wiedergeburt wäre mir darüber hinaus vielleicht die Chance eingeräumt worden, bei gleicher Veranlagung unter besseren äußeren Umständen ein hochanständiger Mensch werden zu können; auch wenn ich dann ein Drittel weniger alt geworden wäre. Allerdings schreitet die Medizin ständig voran. Die Lebenserwartung des Menschen wird weiter steigen, sodass ich als neugeborener Sterblicher, geklont durch den Kern einer meiner ausgewachsenen Hautzellen in derzeitigen Tagen, in Zukunft womöglich so alt werden könnte, wie ich heute schon als normal gezeugter Mensch im Durchschnitt werden kann. Das ist doch nicht zu verachten, oder? Ich finde die Vorstellung reizend!"

Christine: „Eine verlockende Idee vielleicht, aber eine verwerfliche. Man kann doch sein Leben nicht einfach verdoppeln! Der Mensch ist zwar das höchste Geschöpf im All, aber nicht der Weltenlenker selbst. Laut Gott sollen wir uns die Erde allerdings untertan machen und über die Tiere und Pflanzen herrschen. Insofern gibt es an der Gentechnik mit Flora und Fauna moralisch vermutlich nichts auszusetzen, aber an der Klonversuchstechnik mit dem Menschen. Wenn ich dich richtig verstanden habe, wolltest du dein altes schlechtes Leben insofern vergessen machen, als dass deine genetische Wiederverkörperung durch mich bei besseren Verhältnissen ein neues gutes Leben aufbauen sollte. Ein wirklich glückliches Leben aber gibt es allenfalls im Paradies. Mit deinem Klonvermehrungstrick und dem Raub wolltest du dir den Himmel auf Erden herbeischaffen. Das ist geplante Selbstüberheblichkeit und entspricht einer Gotteslästerung!"

Frank: „Fängst du schon wieder mit deinem obersten Herrn an? Du wolltest doch sachlich bleiben! Wer nicht an Gott glaubt, kann keine Gotteslästerung begehen, denn für dieses Subjekt existiert er ja objektiv gar nicht. Atheisten fühlen sich keiner übermenschlichen Himmelsmacht zu irgendetwas verpflichtet, sondern höchstens der sozialen Gemeinschaft, in der sie leben. Sie haben keine Angst vor dem Weltgericht eines Wesens, das angeblich allwissend und allmächtig ist. Alle Gottesreligionen mit jenseitigen Versprechungen machen dir im Prinzip vor, dass dir etwas fehlt zu deinem Glück auf Erden. Meine Ansprüche bescheiden sich dagegen nur auf ein gutes Leben im Diesseits. Ich hätte doch kein Designer-Baby von dir verlangt, sondern lediglich, dass du mir durch ein spezielles Kind die Möglichkeit verschaffst, ein redlicher Mensch werden zu können. Somit hätte ich als mein Klon dereinst versuchen können, die Schlechtigkeit der Welt, in der ich aufgewachsen bin, zu verbessern; im Kern zeitversetzt und sozial gut erneuert, sozusagen. Entsprechend aufgezogen und ausgebildet, wäre mein zweites Lebewesen bestimmt ein vorbildlicher Mensch geworden."

Christine: „Weshalb bist du dir da eigentlich so sicher? Menschen mit grundschlechter Verfassung bleiben Teufel, auch wenn man sie mit Engeln umgibt. Nur Engel können Teufel werden, aber nicht umgekehrt! Luzifer wird nie mehr aus der Hölle kommen können."

Frank: „Der Mensch ist aber doch mehr im alltäglichen Leben als die Summe seiner Gene. Und dieses ‚Mehr' kommt von seiner Kultur, von der Erziehung und Bildung. Ich glaube an die Möglichkeit zur positiven Veränderung der Welt. Dein Weltbild ist mir zu starr, Liebling. Der Mensch ist in seiner Entwicklung bestimmt nicht nur einseitig von seiner Veranlagung abhängig, insbesondere, was sein Denken und Handeln betrifft. Ansonsten wären alle pädagogischen Anstrengungen umsonst. Es kommt hier darauf an, wie die Chromosomensätze von außen her angesprochen werden. Aus Gleichberechtigungsgründen gehe ich, grob geschätzt, davon aus, dass Natur und Kultur, Genom und Gesellschaft den Werdegang eines Menschen 50 zu 50 bestimmen. Mein genetisches Double könnte also bei wirklich guter Gesellschaft bis zu doppelt so ein guter Mensch werden wie ich, wenn man bedenkt, dass ich eine der schlechtesten Aufzüchte aufgebrummt bekommen habe, die überhaupt möglich sind. Ein halbwegs guter Charakter konnte mir nur unter größten Schwierigkeiten anerzogen werden; nicht durch meine Scheißeltern, sondern durch aufopferungsvolle Lehrer in der Schule und später dann mittels zwanghafter Resozialisierungsmaßnahmen durch die Jugendstrafanstalt."

Christine: „Ja, ich weiß, du hast es wie ich nicht leicht gehabt mit deinem Los im Leben. Von daher kommt wahrscheinlich deine kriminelle Energie. Wenn der Raubüberfall mit Glück ausgegangen wäre, hätten wir uns mit dem Geld ein schönes Leben erkaufen können. Die Gesellschaft hätte finanziell ruhig ein bisschen dafür büßen können, dass sie uns von Kindesbeinen an eine ziemlich schlechte Erziehung zugemutet hat.

Ich habe Angst davor, eingesperrt zu werden. Ich will nicht in den Knast. Auch dir wird es im Bau nicht gefallen, noch viel weniger als am Bau. Wenn wir nur noch eine Chance hätten, uns aus diesem Schlamassel irgendwie herauszuziehen, den wir uns da großkriminell eingehandelt haben."

Frank: „Moment mal: ‚Schlamassel‘, ‚herausziehen‘? … Na klar, es gibt noch eine Möglichkeit zur Rettung, wie mir gerade einfällt. Verdammt noch mal, warum bin ich denn nicht schon eher darauf gekommen, vor dem ganzen Gelaber über Gott und die Welt? Das ist doch logisch! Hoffentlich besteht jetzt noch die Chance, meinen neuen Plan erfolgreich in die Tat umzusetzen, da wir bereits schwer von oben beschattet werden."

Mit der „massiven Beschattung von oben" meinte Frank damals in misslicher Schief- und Schräglage mit Christine im Muldenkipper die eingeflogene Präsenz eines Polizeihubschraubers des zuständigen Spezialeinsatzkommandos, der schon kurz nach dem Sexualakt des Räuberpaares eingetroffen war. Seine Insassen waren selbstredend beauftragt, die Einsitzer des Lastwagens bestmöglich kraft eines starken Scheinwerferstrahls zu observieren. Somit sollte zusätzlich verhindert werden, dass die Delinquenten gleichsam in letzter Sekunde noch irgendwie unbehelligt entwischen konnten, um sie sicher dingfest machen, schuldig sprechen und strafgerecht einsperren zu können. Frank und Christine jedoch machten der exekutiven, judikativen und legislativen Gewalt sozusagen einen halben Strich durch die Rechnung. Aber lassen Sie sich weiter dialogisch berichten, liebe Leserinnen und Leser, die Sie gewiss auch in kriminalgeschichtlichen Angelegenheiten versiert sind, was Christine ihrem Frank an jenem denkwürdigen Tag des Nachts im frühherbstlichen Europa des Weiteren dringlich erwidert hatte:

Christine: „Was für ein neuer Plan? Sag schon! Wir haben wahrscheinlich nicht mehr viel Zeit hier. Der Einsatzleiter hat längst schon lautstark verkündet, dass er unverzüglich den Trupp zu unserer Bergung losschicken werde, da wir unsere Waffen nicht streckten. Das Spezialfahrzeug dazu steht anscheinend schon bereit, wie ich über den Rückspiegel erkennen kann. Sie werden sich zügig damit ans Heck des Lasters hängen, um ihn mit den nötigen Pferdestärken herauszuzerren."

Frank: „So schnell geht das nicht. Sie müssen sich erst richtig dazu positionieren und die Gerätschaft einsatzbereit machen. Ich ziehe die Handbremse fest an, zur Blockierung der Räder, damit sie noch schwerer mit unserem wuchtigen Gefährt zu kämpfen haben. Wir brauchen noch etwas Zeit zum Überlegen. Die Flucht soll bestmöglich ausgeführt werden. So werden wir uns beide vielleicht doch noch in die Freiheit retten können; und zwar du direkt und ich indirekt."

Christine: „Rück jetzt endlich raus mit der Sprache, es eilt! Die Bergungsmannschaft hat vor, mit Seilwinde zu arbeiten, wie es aussieht. Dagegen ist auf Dauer keine Stellung zu halten. Ich ahne schon, was du weiter mit uns vorhast. Erklär mir sofort deinen weiteren Plan!"

Frank: „Also hör gut zu, was ich mir zur letzten Fluchtmöglichkeit ausgedacht habe: Du bist doch eine gute Schwimmerin, wie wir beide aus Erfahrung wissen; eine Wassernixe gleichsam, die auch vor Sprüngen ins kühle Nass aus luftiger Höhe keine Angst hat. Ich dagegen kann nur schlecht schwimmen, ich komme da nicht weit. Niemand, geschweige denn meine Rabeneltern, haben mir das richtig beigebracht. Außerdem habe ich große Höhenangst, wie du weißt. Ich wage kaum hier ganz aus dem Fenster hinunter zum Fluss zu schauen. Ich bekomme sonst Panikattacken und es wird mir speiübel dabei."

Christine: „Willst du damit wirklich sagen, dass ich hier in den Fluss hinunterspringen soll, um zu entkommen?"

Frank: „Genau, und wenn du das geschafft hast, könntest du mich klonen lassen, damit ich mit meinem zweiten Leben ein guter Mensch werden kann. So könnten wir beide aus dieser beschissenen Situation doch noch errettet werden. Direkt habe ich keine Gelegenheit mehr, mich hier fortzustehlen, aber indirekt durch dich, mein tapferer Engel. Wenn du mir die Chance einräumst, mich durch dich klontechnisch reproduzieren zu können, könnte ich von Neuem in Freiheit zu existieren beginnen, auch wenn ich dann als ein weiteres Menschenleben weniger alt als normal werden sollte. Mein altes Ich soll dann meinetwegen im Knast versauern oder verrecken. Ich baue in Zukunft auf mich als Klon, gengleich ins Leben gestellt durch deinen Leib. Betrachte das als einen vertraulichen Freundschaftsdienst unter Lebenspartnern. Wenn du mich wahrhaft liebst, lässt du mich jetzt nicht hängen, mein Schatz."

Christine: „Wirklich raffiniert ausgedacht von dir, du Schlitzohr. Aber mein Leben scheint dir bei der geplanten Flucht wohl nicht groß am Herzen zu liegen, was? Sieh doch noch mal verstohlen hier runter aus dem Seitenfenster. Das sind bestimmt weit über zehn Meter Höhenunterschied bis zur Wasseroberfläche. Außerdem rauscht das Wasser hier unten offenbar ziemlich schnell dahin. Ich habe ein mulmiges Gefühl bei der Vorstellung, hier, von weit oben kommend, einzutauchen, um flussabwärts zu schwimmen. Wer weiß, wie tief der Fluss da ist! Ich habe Angst vor dem Sprung, auch beim besten Willen, die Flucht zu versuchen. Ich zweifle daran, dass ich das schaffen kann. Wahrscheinlich würde ich jämmerlich krepieren bei der gewagten Rettungsaktion."

Frank: „Aber die Wasserverhältnisse hier sind doch gerade unsere letzte gute Chance. Der Fluss läuft in seinem Bett da unten relativ eng und schnell dahin, wie es aussieht. Ich kenne ihn von anderen Stellen her! Er führt im Schnitt recht viel Wasser. Die Wassermasse direkt unter uns reicht bestimmt für ein gefahrloses Eintauchen. Der Pegel großer Flüsse beträgt durchweg meist mehrere Meter. Du würdest da bei einem Sprung mittig der Brücke bestimmt nicht mal bis zum Boden des Gewässers durchdringen, geschweige denn hart auf ihn aufprallen."

Christine: „Meinst du wirklich?"

Frank: „Mit Sicherheit! Zudem würde dich der schnelle Wasserlauf hier flussabwärts gewiss flott aus der Gefahrenzone bringen, ohne dass du dich selbst übermäßig dafür anstrengen müsstest, wenn du dich nur ausreichend über Wasser hieltest. Bedenke deine geschickte und ausdauernde Schwimmfähigkeit bei der Vorstellung, und du wirst deine Furcht verlieren. Du hast die Kraft, um hier zu entkommen, auch in der Kluft deines Kampfanzuges; glaube mir, mein Schatz!"

Christine: „Und wenn ich in einen starken Wasserstrudel gerate, der mich zum Ertrinken in die Tiefe des Flusses reißt? Dann ist alles aus und vorbei mit unserer versuchten Flucht!"

Frank: „Da unten gibt es bestimmt keinen Strudel. Die sind sehr selten im Wasser. Und wenn doch, dann ist er sicher nicht so stark, dass du dich in ihm nicht über Wasser halten könntest. Halte dich bei der Flucht an unserem Geldbehälter fest! Das ist ein robuster Plastikkoffer, der verschlossen vermutlich ziemlich wasserdicht ist. Benutze ihn als kleines Luftkissenboot bei der Flucht in die Freiheit, an das du dich festklammern kannst. So wirst du im Wasser sicher nicht untergehen. Es ist bestimmt noch nicht zu kalt in der frischen Flut. Wir haben erst den Frühherbst. Du bist ein zähes Geschöpf."

Christine: „Gute Idee mit dem Luftkissen! Aber wir könnten die Flucht doch vielleicht alle beide schaffen, wenn du dich dabei auch am Koffer festhältst."

Frank: „Ja, aber nur vielleicht! Ich bin mir allerdings nicht mal sicher, ob ich den Sprung hier hinunter überhaupt heil überstehen würde, denn ich habe panische Angst schon bei der Vorstellung. Wahrscheinlich würde ich alles falsch machen dabei, was man nur falsch machen kann, und vor lauter Schreck womöglich gar nicht mehr an die Wasseroberfläche kommen, nachdem ich eingetaucht wäre. Das sind gewiss über zehn Meter abwärts, wie du schon bemerkt hast. Das mute ich mir nicht zu. Du aber kannst es schaffen! Du bist doch nicht nur eine gute Schwimmerin. Da wir uns kennen und lieben lernten, hast du dich zu meiner Überraschung auch als eine gekonnte Turmspringerin erwiesen. Während ich mich im Schwimmbad nur zitternd auf das Dreimeterbrett wagte, war das für dich ein Kinderspiel. Ganz im Gegensatz zu mir Angsthasen wärst du damals sicherlich noch weiter hinaufgestiegen und hinuntergesprungen, wenn es der Möglichkeit nach mehr als fünf Meter dazu gegeben hätte. Ich erinnere mich noch, dass ich mich dafür abgrundtief vor dir geschämt habe und du mich ausgelacht hast."

Christine: „Wenn du dich hier so sehr vor dem Sprung in die Tiefe fürchtest, ist es vielleicht doch besser, wenn du im Wagen bleibst und dich sicher auf festen Boden unter den Füßen ziehen lässt. Vermutlich würdest du auf der Flucht durchs Wasser beim Eintauchen oder beim Schwimmen so stark verkrampfen, dass du tatsächlich irgendwo auf der Stecke bliebst und ertränkest."

Frank: „Ja, so würde es gewiss sein, Liebling! Glaube mir, es ist besser, wenn ich hierbleibe. Nur dann hast du eine gute Gelegenheit, unbehelligt zu entfliehen. Wenn ich die Bullen per Feuer und Lärm aus meiner MP vorübergehend für die Flucht ablenke und nach deinem Sprung ins Wasser also noch Bewegung am Führerhaus zugegen ist, bekommen sie ihn wahrscheinlich gar nicht mit. Ich werde mich in der Kabine blitzschnell von Seite zu Seite schlagen und Schüsse rausknattern. Magazine dafür haben wir noch zur Hand. Somit wiegen die Cops sich vermutlich in dem Glauben, dass noch beide zu fassende Verbrecher im Laster anwesend sind. Die Beschatter im Hubschrauber haben zum Glück doch keinen direkten Einblick auf uns, da wir die Fenster verhängt haben. Auch durch eine Wärmebildkamera können sie uns nicht wahrnehmen, denn solche Geräte filmen nicht durch Glasscheiben. Die Polizei kann daher keinesfalls feststellen, was wir in der Lasterkabine alles machen; nicht einmal, ob wir beide noch anwesend sind und nicht einer von uns schon auf nicht verfolgter Fluchtstrecke flugs mit der Beute ausgestiegen und entschwunden ist. Nach meiner Ballerei wird der Einsatzleiter aus Verdachtsgründen womöglich umgehend die Flussufer mit Spürhunden absuchen lassen. Aber auch in dem Fall hättest du noch eine reelle Chance zu entkommen, wenn du nach dem Sprung wie zu erwarten schnell aus der Gefahrenzone kämest."

Christine: „Ja, da hast du wohl recht, mein Schatz. Ich werde unser Glück also dann alleine herausfordern müssen. Den Versuch ist es wert. Falls ich geschnappt werde, muss ich halt eine etwas längere Haftzeit absitzen als die, die ich kriege, wenn ich es gar nicht austeste.

Komm, schnell, gib mir deinen Gürtel, damit ich ihn an den Koffer schnallen kann! Ich will mich beim Sprung daran mit Sicherheitsabstand festhalten können. So geht mir die Geldbox bestimmt nicht verloren, wenn ich ins Wasser trete, und ich reiße sie, wenn überhaupt, nicht weit mit in die Tiefe. Ich werde mich über den Gürtel fest an den Koffer klammern, damit ich nicht zu tief ins Wasser tauche und folglich verhindere, lebensgefährlich auf den Grund des Flusses zu prallen."

Frank: „Klasse Idee! Mit Körper Füße voran, ausgestrecktem Arm und der Länge des Gürtels hast du schon mal um die drei Meter, die du da ohne Rückhalt durch den Koffer eintauchen kannst. Das wird zu deiner Abbremsung wahrscheinlich schon reichen. Mach dazu sicherheitshalber sofort nach dem Eintauchen ins Wasser deine Beine breit, und breite den freien Arm aus. Wenn das zum Stoppen vor der Gefahr immer noch nicht reicht, wird dich dein Halt am luftvollen Koffer vor einem schlimmen Aufprall auf dem Flussboden bewahren, da er dich ruckartig zurückhalten wird. Vertrau mir, mein Schatz. Drei Meter ist das Wasser hier unten mindestens tief! Es hat nicht wenig geregnet in letzter Zeit. Ich bin mir sicher, du kannst es schaffen."

Christine: „Ja, doch! Ich glaube es auch. Ich habe fast keine Angst mehr vor dem Sprung in die Tiefe. Ich kann sie überwinden und die Flucht für uns versuchen. Ich werde es wagen."

Frank: „So ist es gut, mein Engel! Ich werde dir einen rundummen Feuerschutz geben zu deinem Verschwinden inkognito; und zwar so, dass ich den Beschattungshubschrauber schräg über uns erst mal durch eine gezielte Salve aus meiner auffrisierten Maschinenpistole vertreibe. Schätzungsweise fliegt er am Rand meiner effektiven Reichweite damit. Ein paar Kugeln könnten riskant einschlagen und eventuell sogar den Scheinwerfer zerstören. Jedenfalls werden die Piloten kurz zum Abflug auf reichlichen Sicherheitsabstand gezwungen sein und somit für ein Weilchen hoffentlich kein fokussiertes Licht samt Beobachtung auf uns fallen. Nutze diese Zeit zur Flucht, Liebling. Keiner außer meiner Wenigkeit wird deinen Sprung überhaupt bemerken. Da bin ich mir ziemlich sicher. Es ist dunkle Nacht, nur der Mond scheint halb hier und die Sterne funkeln. Die Mannschaft auf der Brücke konzentriert sich auf unsere Bergung. Das Sicht- und Schussfeld der Bullen auf der Straße zu uns nach vorne werde ich für kurze Zeit räumen, indem ich vor, bei und nach deinem Sprung auch haufenweise Warnschüsse in die Luft nach hinten Richtung Brücke streue. Lass du dich dabei am besten möglichst unauffällig linksseitig hinunterfallen. Das Fahrzeug hängt da etwas weiter längsschief und breitschräg zur Ebene der Brücke nach unten als rechts. Ich werde die Seitentür während meiner Ballerei dann sofort wieder schließen."

Christine: „Gut, so kann es gehen. So soll es geschehen! Aber die Wahrscheinlichkeit soll möglichst groß sein, dass mein Sprung unbemerkt bleibt. Bedrohe du deshalb den Bewachungshubschrauber nicht nur mit der Maschinenpistole, sondern strecke ihm nach den Schüssen damit sichtbar auch noch aus der Deckung die Panzerfaust entgegen. Die reicht wirkungsvoll doch beinah genauso weit wie die MP, nach deiner Belehrung. Die Flugcops da oben sollen um ihr Leben bangen und verschwinden mit dem Licht; wenigstens für ein Weilchen. Ich brauche etwas Zeit für eine glückende Flucht, sodass ich in Freiheit deine indirekte Flucht durch mich mit Geld aus dem Koffer bewirken kann."

Frank: „Gute Idee! Der Geldkoffer wird uns beide erretten. Du wirst viel Knete in Freiheit brauchen, schon zur Beschaffung eines wasserdichten Alibis und zur Finanzierung meiner klontechnischen Befreiung. Wende dich dazu an eine deiner Freundinnen beziehungsweise an einen entfernten Verwandten meinerseits in Amerika! Wie ich vor Kurzem durch einen Hinweis meiner Mutter in Erfahrung gebracht habe, ist dieser Jemand ein praktizierender Gentechniker mit viel Erfahrung, angestellt von einer weltbekannten Firma. Er wird dir in unserer Not hoffentlich weiterhelfen. Nach meinen Informationen ist er sogar selbst ein Spezialist auf dem Feld des Klonens. Seine Berufs-E-Mail-Adresse steht auf einem kleinen Zettel, links unten angeklebt auf unserem Computer. Ich hab sie übers Internet auf der Homepage seines Arbeitgebers ausfindig machen können. Wende dich an ihn mit unserem Nachwuchsproblem! Aber erzähle ihm nicht die ganze Wahrheit darüber. Verschweige aus moralischen Gründen die kriminelle Vorgeschichte unseres Kinderwunsches eines Klons von mir. So wird er uns womöglich weiterhelfen. Wenn nicht, wird jene Zeugungssache für uns wahrscheinlich komplizierter. Undurchführbar scheint sie aber nicht in unseren Zeiten, da einige Befruchtungsspezialisten, die experimentell daran arbeiten, schon des Öfteren die baldige Geburt des ersten Klonbabys vorhergesagt haben. Ich habe Eindringliches dazu gelesen, mein Schatz."

Christine: „Ich weiß, ich habe selbst schon davon gehört. Ich bin zwar immer noch etwas klonskeptisch eingestellt, aber einen Versuch mit uns ist es wohl wert.

Komm, lass uns jetzt den Koffer wasserdicht verschließen, wenn es geht! Über eine halbe Million Euro Beute darin müssten für unsere weiteren Pläne genügen. Nutze zur Abdichtung des Koffers den Rest des Fesselklebebandes! Der müsste gut dafür reichen. Falls die Scheine nass werden, ist das kein Beinbruch. Getrocknet würden sie so gut aussehen wie vorher. Ich werde draußen in Freiheit alles Nötige mit der Kohle organisieren, damit deine Veranlagung durch mich eine Chance auf ein zweites und gutes Aufleben bekommt. Ich will dich erbgleich durch mich nochmals herstellen lassen und dir die bestmögliche Erziehung und Bildung zukommen lassen. Ich werde es versuchen! Das verspreche ich dir, mein Schatz."

Frank: „So ist es gut, mein Schutzengel. Ich danke dir für deine Güte! Wenn es darauf ankommt, kann man sich halt auf dich verlassen. Dein Gott wird dir deine guten Taten hoch anrechnen. Wenn es das Himmelreich wirklich gibt, wirst du nach deinem Tod wohl nicht gleich, aber bald darin einkehren können. Dessen bin ich mir sicher. Bedenke jedoch, dass du dich mit dem vielen Geld auch selbst von einem Klontechniker vermehrfachen lassen könntest, der bereit und fähig dazu ist. Bald schon wirst du im Alter dahinwelken. Aber mit dem Handwerk des Klonens würdest du deine gewollte Unsterblichkeit prinzipiell bereits hier im Diesseits erreichen können, wenn du immer wieder das Gleiche mit dir machen lassen würdest. Durch die klontechnisch bewirkte Wiederauferstehung deiner Gestalt könnte deine Schönheit ewiglich erblühen, vorausgesetzt, es kämen keine gravierenden Mutationen dazwischen, die dich verunstalten würden. Ich will nur zweimal leben, um einmal ein guter Mensch werden zu können. Das genügt mir. Dein attraktiver Körper samt Geist hingegen soll meinetwegen immer wieder da sein dürfen, mein Augenstern. In Zukunft, wenn das Klonen von Menschen vielleicht kein Problem mehr sein wird, wirst du, genetisch gesehen, grundsätzlich die Möglichkeit haben, trotz der Tatsache des Todes immer wieder ein Leben in jugendlicher Frische zu führen. Wenn dir dieses unsterbliche Leben dann irgendwann zu langweilig werden sollte, hättest du immer noch die Möglichkeit, dein Wesen endgültig in den natürlichen Tod hineinsterben zu lassen; in der Hoffnung, dass es bei guter diesseitiger Wirkung dereinst ins Jenseits in die ewige Glückseligkeit gelangt, wie dein alten Glaube lehrt."

Diese beiden Möglichkeiten auf ein Leben nach dem Tod, die Frank zuletzt in den irdischen bzw. himmlischen

Raum gestellt hatte, eröffneten Christine eine Sicht auf die Technik des Klonens, die ihre kritische Einstellung dazu weiter schwächte. Warum sollte sie, hübsch und gescheit wie sie von Grund auf ist (genetisch also nicht von schlechten Eltern), denn nicht noch einige Existenzen im Diesseits ausprobieren, falls das problemlos bewältigt werden könnte? Schließlich hatte es ihr familiäres Schicksal, analog zu dem von Frank, nicht wirklich gut mit ihr gemeint. Bei einer gelungenen Erziehung von Anfang an könnte man bestimmt ein besseres Leben als ihr jetziges verwirklichen, überlegte sie sich entsprechend zu den klontechnischen Wiedergeburtsfantasien ihres Geliebten.

Allerdings obsiegte bei Christines Abwägung der beiden Eventualitäten, ein gutes Leben nach dem Tod zu erlangen, letztendlich der Wille, ohne große Umschweife ins Himmelreich zu kommen und nicht noch einmal oder ein paar Mal auf die schreckliche Erde. Die machtvolle Glaubenslehre der katholischen Kirche, die Christine im Schutz des Jugendheims fern von ihren Eltern eingebläut bekommen hatte, erfüllte wohl noch zu stark ihr Denken, als dass sie sich in ihrem Verlangen nach Unsterblichkeit auf die fehlbare Klontechnik hätte verlassen wollen. Verfolgen Sie indes unmittelbar gemäß Zwiegespräch des Räuberpaares, interessierte Leserinnen und Leser, wie die tragikomische Geschichte über dem Abgrund weiter vonstattenging:

Christine: „Das ist ja ein interessanter Gedanke: mehrere Male als guter Mensch auf Erden zu leben, um sicher in den Himmel zu kommen. Das wäre dann so ähnlich wie bei den Wiedergeburten der Buddhisten bis zum Nirvana hin. Komm, lass uns noch ein wenig über Gott und die verrückte Welt nachsinnen, in der wir leben! Extremsituationen bringen das Gehirn auf Trab. Wir können noch ein wenig Bedenkzeit hier miteinander verbringen. Der Bergungstrupp scheint einige Schwierigkeiten damit zu haben, uns hier herauszuziehen. Der Laster sitzt offenbar fest am Boden auf und klemmt wohl irgendwie im durchbrochenen Seitengeländer der Brücke."

Frank: „Ja, lass uns meinetwegen noch ein wenig über deinen Gott und die Welt philosophieren. Solch schwierige Bergungsaktionen ziehen sich normalerweise über Stunden hin, nach meiner Baustellenerfahrung. Die Zeit, die uns hier zusammen noch bleibt, wollen wir gemeinsam mit erbaulichen Gedanken erfüllen. Je länger wir uns unauffällig nach außen hin im Laster verhalten, desto mehr wiegen sich die Bullen wahrscheinlich in Sicherheit, dass wir nichts Verbrecherisches zur Flucht mehr vorhaben, auch wenn wir unsere Waffen nicht strecken."

Christine: „Das mit dem ewigen Leben durch die Technik des Klonens ist gewiss zwar eine verführerische Aussicht, allerdings kommt mir das insgesamt doch zu erbärmlich vor. Ich möchte nach meinem Tod dereinst ein ewiges Leben im Himmel bekommen. Ich verlange eine Unsterblichkeit im Paradies und nicht hier auf Erden als Klon, wie sie mir in diesem Leben versprochen wurde, wenn ich insgesamt ein braves Mädchen sei. Das kann doch nicht alles Lüge sein! Ich will das ewige Leben in himmlischer Glückseligkeit."

Frank: „Meinetwegen, es sei dir gegönnt, wenn es das Jenseits in Wirklichkeit irgendwo gibt. Ich dagegen misstraue der Vorstellung vom Himmel und vertraue vollends auf das Diesseits als Bereich allen möglichen Glücks im Leben. Pflanzen, Tiere und Menschen sterben und verwesen nun mal für gewöhnlich, nur Einzeller sind durch ihre natürliche Teilung schier unsterblich. Eine Ausnahme davon gibt es allerdings in der Natur, denn angeblich existiert eine Art Qualle im Mittelmeer, die sich zellenmäßig embryonal immer wieder verjüngt und also nicht abstirbt, solange sie nicht gefressen wird. Ein ewiges Leben über alle Zeiten hinweg ist auf dem blauen Planeten hingegen technisch nicht möglich. Die Erdkruste und alles auf ihr wird zerschmelzen, sobald sich die Sonne entwicklungsgemäß zu einem Roten Riesen aufbläht. Will der Mensch ewiglich nicht aussterben, muss er Planeten finden und erreichen, auf denen er leben kann. Direkt sind wir aber erst bis zum Mond gekommen. Der Mond und auch der Mars sind wüst und leer. Angeblich sind wir schon in der Mitte unserer Sternzeit angekommen. Bevor es in etwa fünf Milliarden Jahren mit der Erde zu Ende gehen wird, sind wir raumfahrttechnisch aber vielleicht bereits so weit, uns in freundliche Sonnensysteme hineinschleusen zu können, die Chancen zum Leben für uns bieten; vielleicht sogar innerhalb des Andromedanebels, der nach der Sternenforschung in circa drei Milliarden Jahren vereinigend auf die Milchstraße treffen wird. So könnten wir trotz begrenzter Raumschiffgeschwindigkeit und -reichweite eines Tages womöglich technologisch bedingte Unsterblichkeit aus aller Welt von Planet zu Planet für unsere Gattung herausholen – vorausgesetzt, wir sprengen uns vorher auf Erden aus Dummheit oder Habgier nicht selbst in die Luft. Das hört sich wohl alles recht mühsam an in deinen Ohren, was? Bequeme Ewigkeit in vollkommener Leichtigkeit gibt es nach deinem Glauben nur im Himmel bei den Engeln."

Christine: „Du sagst es! Deshalb will ich ja dort hinaufkommen, da ich hier unten dereinst in den natürlichen

Tod hineinsterben werde. Es wird sowieso irgendwann einen universellen Schlusspunkt geben im Diesseits. Der Kosmos hat doch auch einen Ausgangspunkt. Er muss durch irgendjemanden erfunden worden sein. Von nichts kann schließlich nichts kommen! Gott ist der erste und unbewegte Beweger, der durch den Urknall die Welt schöpferisch ausgebreitet hat. Sein Reich ist ewig, aber das sichtbare Weltall nicht. Das wird untergehen am Jüngsten Tag."

Frank: „Weit gefehlt, meine Abergläubische! Den Kosmos gibt's schon immer: als Schwarze Löcher und Sternenschimmer, bei allen Galaxien. Die Vorstellung vom Anfang und Ende der Welt drängte sich dem Menschen nur deshalb auf, weil er durch sein Denken mittels Sprache nicht nur über gegenwärtige, sondern auch über vergangene und zukünftige Ereignisse nachdenken konnte und kann. Er hat dabei eine Reflexion über Werden und Vergehen, über Leben und Tod erlangt – ganz im Gegensatz zum Tier, das mental immer nur in der Gegenwart lebt und also den Tod nicht kennt und fürchten muss. Ich glaube nicht an Parallelwelten, die einen Einfluss auf uns haben würden wie zum Beispiel das Reich Gottes. Ich zweifle auch an der Urknalltheorie samt ihren Begründungen. Das sind abwegige Hirngespinste aufgrund des Verlangens nach einem absoluten Anfangspunkt."

Christine: „Hast du denn gar kein Bedürfnis nach der Obhut eines Gottes? Warum willst du dieses herrliche Angebot vom ewigen Leben im Himmel nach dem Tod denn nicht in Demut vor dem Höchsten annehmen? Wenn du ihn nur glaubensfest in dein Herz schließt und ihn anbetest, wird er auch dich erhören in deinem Wunsch nach einem besseren Leben nach dem Tod. Dafür ist es nie zu spät. Vertrau mir, mein Schatz."

Frank: „Das hört sich ja recht verlockend an, aber bei der Schwere meiner Schuld habe ich nach deiner Religion höchstwahrscheinlich sowieso keine Chance mehr, in den Himmel zu kommen. Denn auch wenn ich in meinem restlichen Leben alles daran setzen würde, ein guter Mensch im Glauben an Gott zu werden, würde mir das sicherlich auch beim besten Willen nicht gelingen, bei der Schlechtigkeit meiner Erziehung von Elternhaus aus. So würde ich nach christlicher Weltanschauung, wenn nicht ewiglich im Höllenfeuer, so doch lange Zeit im Fegefeuer schmoren müssen, sobald mein Leben auf Erden ausgehaucht wäre. Du jedoch kannst es gemäß deinem Glauben im Leben vielleicht noch schaffen, nach dem Tod schnell in den Himmel zu gelangen, nachdem du genügend durch das Fegefeuer geläutert worden bist. Deine Sünden auf Erden wiegen nach dem Strafkatalog der Bibel insgesamt wahrscheinlich weniger schwer als meine. Du bist trotz schlimmer familiärer Vorgaben nicht gar so tief gesunken wie ich."

Christine: „Das mag sein. Jetzt verstehe ich dich noch besser in deinem wunderlichen Kinderwunsch eines geklonten Knaben von dir durch mich. – Da hab ich eine Idee, wie ich errettet werden könnte vom Jammertal auf Erden, und zwar direkt in den Himmel, nach meinem Tod im Diesseits."

Frank: „Na, da bin ich aber mal gespannt! Wie denn? Gott bekommt doch angeblich alles mit, was geschieht. Zugegeben: Dein Sündenpfuhl ist zwar kleiner als der meinige, aber jetzt mit dem Raubüberfall bestimmt auch schon so groß angewachsen, dass er bis in den Himmel hinaufstinkt. Du müsstest in deinem restlichen Leben auf Erden wohl ein verdammt guter Mensch werden, um deinen Lebenstraum nach dem Tod glaubensgemäß noch geradewegs in die Erfüllung bringen zu können; eine Heilige oder zumindest eine Selige. Soviel ich weiß, schreibt der himmlische Vater ja keine Menschenseele ab in sein Reich einkehren zu können, solange man im Namen seiner Allmacht, im Namen seines Sohnes und des Heiligen Geistes einen Willen zur Umkehr erkennen lässt."

Christine: „Ich befürchte, du hast recht mit deinem Verdacht. Auf gerader Bahn schaffe ich meine Erlösung von dem Bösen sowieso nicht mehr. Meine schlechte Aufzucht war sicher so prägend, dass ich mich nicht von heute auf morgen in einen einwandfreien Menschen verwandeln könnte. Du kennst doch meinen familiären Hintergrund."

Frank: „Ich weiß um deine grässliche Erfahrung in Sachen Erziehung. Aber wie soll dein Lebenstraum denn in die Erfüllung gehen? Direkt in den Himmel kommt man doch nur durch ein tadelloses Leben auf Erden. Den Allmächtigen kann man bestimmt nicht bestechen, im Gegensatz zum schwachen Menschen. Dein Gott ist definitionsgemäß vollkommen."

Christine: „Ja, selbstverständlich ist er fehlerfrei und also nicht käuflich, aber womöglich kann man ihn mit der Macht der Wissenschaft und Technik hinters Licht führen."

Frank: „Das verstehe ich nicht. Wie meinst du das?"

Christine: „Pass jetzt mal gut auf, Liebling! Ich habe einen neuen Plan zur Errettung meiner Seele. Ich werde mir meinen himmlischen Lebenstraum ohne Aufschub im

Fegefeuer in die Erfüllung bringen, indirekt durch dich; und zwar gerade dadurch, dass ich dir deinen Lebenstraum auf Erden erfülle."

Frank: „Hört sich ja verhext an. Da bin ich aber mal ganz Ohr, wie das funktionieren soll. Erzähl schon, wir haben wahrscheinlich nicht mehr viel Zeit! Das Bergungsfahrzeug ist vermutlich schon gut in Stellung gebracht. Die technischen Probleme, den Laster hier herauszubekommen, werden bald gelöst sein."

Christine: „Also hör gut zu, wie ich mir das zum Erhalt meines himmlischen Friedens durch dich glaubenstechnisch vorstelle: Wenn du es in der Zelle beim besten Überlebenswillen nicht mehr aushältst, sollst du ruhigen Gewissens den Freitod wählen können, denn ich will gern die Versicherung des Lebens für dich sein, mit deinem genetisch zweiten Dasein im Diesseits ein guter Mensch werden zu können. Von je her ward hier auf Erden der Mann doch zum Tode, zum Krieg hin geboren, die Frau jedoch zur Erbringung und Erhaltung des Lebens. Du sollst durch mich erbgleich deine irdische Auferstehung in Herrlichkeit durchleben können. Ich will die ausgeliehene Frau Mutter in der Gnade der Wissenschaft und Technik sein, die deinen Lebenstraum wahr werden lässt. Ich bin bereit dazu, deine zweite Existenz durch meinen Bauch in unbefleckter Empfängnis möglich zu machen, zu ihrer Vervollkommnung. Es soll mir eine embryonale Kopie von dir in meine Gebärmutter hineingepflanzt werden, damit ich sie als Kind wohlgeboren aus mir herauspressen kann. Nüchtern betrachtet war schließlich selbst Gottsohn Jesus Christus ein Klon auf Erden, wenn man seine Wesensgleichheit mit Gottvater bedenkt, ausgetragen von seiner halbgöttlichen Leihmutter Maria sozusagen. Wenn selbst Gott klont, kann es unter Menschen eigentlich kein Vergehen sein, da sie laut Bibel in seinem Sinne handeln sollen."

Frank: „So ist es gut gedacht, mein Schatz. Weih mich weiter ein, wie du uns beide vom schlechten Leben zu erlösen gedenkst!"

Christine: „Folgendermaßen: Sobald ich die Flucht tatsächlich mit Erfolg hinter mich gebracht habe, werde ich erst mal den Geldkoffer bis auf Weiteres sicher verwahren; so, dass ihn kein Mensch außer mir finden kann. Dann werde ich mir umgehend das nötige Alibi bei einer meiner Freundinnen besorgen; zur Sicherheit am besten durch Bestechung mit einem Bruchteil der geraubten Kohle. Danach werde ich mich schließlich mit deinem Verwandten, dem Gentechniker in Amerika, in Verbindung setzen. Als Sippenbruder deinerseits wird er uns womöglich weiterhelfen in unserem verzweifelten Wunsch, ein Kind zu bekommen. Er soll dazu freilich besser nicht unsere kriminelle Vorgeschichte erfahren. Wenn ich ihm wahrheitsgemäß versichere, dass wir tatsächlich schon alles menschenmöglich Legale versucht haben, um Nachwuchs zu bekommen, wird er uns verstehen und sich aus Mitgefühl und Aussicht auf Entlohnung hoffentlich für uns einsetzen. Wenn nicht, wird sich mit dem vielen Geld in meiner Hand über kurz oder lang bestimmt ein fähiger Spezialist finden lassen, der sich für unseren Zweck kaufen lässt. Es gibt doch schon einige davon, die unbeirrt Menschen klonen wollen und daran arbeiten."

Frank: „Danke für deinen mütterlichen Einsatzwillen! Wenn es Gott wirklich gibt, wird er ihn dir hoch anrechnen. Schließlich hat er den Menschen befohlen, dass sie fruchtbar sein und sich mehren sollen. Außerdem bist du als Frau nach dem Vorbild der heiligen Jungfrau Maria dazu bereit, einen Sohn in keuscher, in sexuell enthaltsamer Empfängnis auf die Welt zu bringen. Noch dazu kannst du durch meine Klon-Wiedergeburt gewissermaßen die Schuld meines wahrscheinlichen Selbstmordes in der Zelle sühnen, der vor deiner Religion doch etwas sündhaft Böses ist. ... Bei entsprechender Schulung kann mein guter Wille in meinem zweiten Leben um sich greifen. Ich werde mein erbliches Selbst da endlich gehörig verwirklichen können. Du wirst einen Heiland zur Welt bringen, der als wiederverkörperter Leib mit anderer Seele weltverbessernd auftreten wird, in übermenschlicher Herrlichkeit. Wenn ich als geklonter Erdensohn groß und stark bin, will ich die Menschheit solange mit einem mustergültigen Leben plagen, bis sie es nicht mehr aushält mit mir und mich gleichsam ans Kreuz schlagen muss, wenn sie Angst davor hat, eine ringsum gute Gesellschaft zu werden."

Christine: „Ja, das ist schön von dir zu hören; ein lobenswerter Vorsatz, mein Schatz. Somit wird sich mein Lebenstraum erfüllen, nach meinem Tod gleich in den Himmel kommen zu können, ohne langen Umweg über die Qualen des Fegefeuers."

Frank: „Wie soll denn das geschehen? Du sprichst in Rätseln! Wie meinst du das?"

Christine: „Ist doch logisch, Liebling. Du kapierst doch sonst immer alles recht fix. Also pass gut auf, wie das geht: Sobald dein Lebenstraum hier auf Erden, mit deinem zweiten Leben ein allseits guter Mensch werden zu können, durch mich in Erfüllung gegangen sein wird, wirst du mir nach meinem Tod vermutlich sofort meinen

Traum eines sorgenfreien Lebens im Himmel erfüllen können, und zwar folgendermaßen: Wenn es das Reich des dreieinigen Gottes wirklich gibt, wirst du dich nach meinem Glauben bei deiner Zweieinigkeit auf Erden und im Fegefeuer gleichzeitig selbst aus Letzterem erretten können, ohne vorher mit deinem alten Leben schon dafür gesorgt haben zu müssen. Du wirst durch deine heilsamen neuen Taten hier auf Erden dein verstorbenes altes Wesen im Fegefeuer langsam, aber sicher in den Himmel hinaufarbeiten können, ohne dass noch lebende Angehörige es da hinaufbeten müssten, da du in deinem ersten Leben so ein schlechter Mensch warst; voraussichtlich bis in den Selbstmord hinein. So, wie ich die christliche Theologie verstehe, werden gute und böse Taten durch die Vermittlung des Heiligen Geistes direkt im Himmel bei Gott bis zum Tod auf die jeweilige Person gerechnet – gemessen am Leben von Jesus Christus, dem Sohn Gottes, der von Letzterem als Vorbild für die Menschheit auf die Erde geschickt wurde. Als Doppelexistenz im Fegefeuer und auf Erden nach deinem ersten Tod hättest du somit die Möglichkeit, dich bei guter Führung als Mensch im Diesseits selbst zeitgleich von der Feuerqual zu erlösen."

Frank: „Genial ausgedacht, listiges Teufelsweib! Wenn man in die Dreifaltigkeit theologisch hinaufglaubt, hast du wohl recht mit deiner gewagten Vorstellung. Durch meine zweite Menschwerdung in pädagogischer Güte würdest du mir nach der Automatik deiner Religion im Tode die Möglichkeit verschaffen, mich von der Erde aus persönlich in den Himmel zu erretten, sodass ich zu meiner Erlösung nicht endlos lange im Fegefeuer schmoren müsste; wenn ich überhaupt dahin käme und nicht ins ewige Feuer der Hölle verstoßen würde, spätestens beim Jüngsten Gericht. – Aber eins verstehe ich noch nicht: Wie soll es denn geschehen, dass durch mein zweites Leben auf Erden auch deine sündige Existenz gerettet wird? Nur die Tatsache, dass du in sexueller Reinheit einen soliden Erdensohn in die Welt gestellt haben wirst, wird nicht ausreichen für eine schnelle Himmelfahrt. Die Tat wird dir oben zwar gutgeschrieben werden, bedenke jedoch die Schwere deiner aufgeladenen Schuld auf Erden; insbesondere im Hinblick auf den Raubüberfall, den du in gemeinsamer Sache mit mir verübt hast!"

Christine: „Ganz einfach, Liebling. Du sollst bei Gott ein gutes Wort für mich einlegen, sobald du als Verstorbener die oberste Stufe im Himmelreich erstiegen haben wirst. Betrachte das als einen vertraulichen Freundschaftsdienst unter Lebenspartnern. Der Herr vertraut doch auf seine besten Engel in Gottesnähe. Die Fürsprache hätte nichts mit unlauterem Wettbewerb zu tun. Schließlich werde ich im Falle des Falls die heilbringende Frau Mutter sein, die dafür Sorge trägt, dass deine Existenz im Jenseits durch dein neues Sein auf Erden an die Spitze kommen wird. Freilich müsstest du, um trotz deiner alten Sünden hoch hinauf in den Himmel zu gelangen, mit deinem zweiten Dasein hier unten ein sehr gutes Leben verwirklichen. Du müsstest mit deinem geklonten Leben auf Erden quasi ein Heiliger oder zumindest ein Seliger werden, damit du eines herrlichen Tages im Paradies an der Seite Gottes weilen darfst. Setze dazu bitte deinen ganzen Willen zur Erfüllung deines Wunschtraumes ein, ein möglichst guter Mensch in diesseitiger Gesellschaft zu werden. Wenn du mir das versprichst, um für mich mit deiner Jenseitigkeit bei Gott ein gutes Wort einlegen zu können, setze ich alles dafür Nötige in Bewegung, dass eine genetische Verdoppelung von dir in mir heranreifen kann, die bei entsprechender Erziehung die Erde mit einem vorbildlichen Leben erfülle."

Frank: „Ich verspreche es dir, mein Schatz. Du weißt doch, dass mir mein schlecht gemachtes Leben auf Erden undank Eltern eigentlich ein Alptraum ist. Ich würde alles dafür geben, es für ein gutes Leben eintauschen zu können. Wenn du mir die Gelegenheit dazu verschaffst, will ich mich als Frank der Erste in der Gefängniszelle getrost in den Selbstmord treiben lassen und als Frank der Zweite aus der Körperzelle die Menschheit beispielhaft als Wohltäter der Gesellschaft beglücken. Glaube du neben deiner Religion fest an meine technisch mögliche Auferstehung in Herrlichkeit! … Du darfst aber unter keinen Umständen vergessen, mir unsere Geschichte eindringlich in mein zweites Menschsein hineinzuerzählen, schon zu der Zeit, da ich als Teenager anfange erwachsen zu werden. Somit wird das Bewusstsein meiner Selbst als Möchtegernverbesserer der Welt in meinem zweiten Dasein als Klon sprachlich neu entstehen und kann folglich sozial um sich greifen. So werde ich, wenn alles gut geht damit, mit Nachdruck den Kampf gegen das Böse im Diesseits aufnehmen und so erfolgreich sein, wie es Heilig- oder zumindest Seliggesprochene waren. Zwangsläufig werde ich dadurch im Jenseits bei den Ewigen nach deinem Glauben vom Fegefeuer in den Himmel wandern können, um im Hofstaat der Engel ein gutes Wort bei Gott für dich ins Ohr des Allmächtigen zu legen. Ich schwöre es gegebenenfalls zu tun, mein Liebes; bei meiner Seele."

Verehrte Leserinnen und Leser, nehmen Sie es für wahr oder auch nicht. Frank und Christine taten, wie dialogisch gezeigt, gut daran, in extremer Notlage an die Umsetzung der technologischen bzw. theologischen Vorstellungen der jeweils anderen eingeschworenen Person zu glauben; wenigstens der Möglichkeit nach. Das heißt: Frank im Vertrauen auf Christine an die Verwirklichung der Idee der christlichen Seelenwanderung guter Tatmenschen nach dem Tod in den Himmel und Christine im Vertrauen auf Frank an die Verwirklichung der Idee, durch ein weiteres Leben als Klon auf Erden unter guten Umständen ein besserer Mensch werden zu können. Beide konnten ja, nach allem, was laut Text bisher miteinander durchgesprochen worden war, prinzipiell nur davon profitieren: nämlich erstens betreffs ihres beiderseitigen Willens nach Freiheit, zweitens betreffs ihres beiderseitigen Wunsches nach einem erlösenden Kind und drittens betreffs ihres beiderseitigen menschentypischen Verlangens nach einem eigenen Leben über den Tod hinaus. Aber bringen Sie des Weiteren besser unverhohlen vermittels direkter Rede und Gegenrede über dem Abgrund in Erfahrung, was dazu vor Christines versuchter Flucht noch ausgeheckt und ausgeführt wurde:

Christine: „Gut so, mein Engel! Ich werde dich als geklonte Wiedergeburt unablässig an deinen vorsätzlichen Weltverbesserungswillen erinnern, sobald du reif dafür bist. Dementsprechend wird sich dein Denken und Handeln entwickeln mit der Zeit.

Also, ich springe jetzt! Der Bergungstrupp leistet zunehmend ganze Arbeit. Der Lastwagen wird bestimmt nicht mehr lange standhalten."

Frank: „Halt, warte noch ein bisschen! Jetzt hätten wir das Wichtigste fast vergessen – in der Euphorie des geplanten Entkommens. Um mich in die Freiheit klonen lassen zu können, brauchst du doch Körperzellen von mir zur Befruchtung von Eizellen deinerseits. Komm, schnell, trenn mir ein Stückchen Haut irgendwo ab, wo es nicht gleich auffällt. Wenn ich im Gefängnis bin, werden wir dazu wahrscheinlich keine Möglichkeit mehr haben, denn die Besuche dort werden vermutlich streng überwacht angesichts meines schweren Verbrechens. Nimm die Schere aus dem Verbandskasten hinter dem Beifahrersitz und mach dich an meinen Körper – an meinen Arsch zum Beispiel –, um mich erretten zu können. Aber schneide bitte nicht zu viel weg! Ein kleines Fetzchen Hautgewebe reicht meines Wissens zum Klonen. Ich will bei meinem alten Leben nicht an einer Verblutung sterben!

Christine: „Gut, dass du daran gedacht hast, mein Schatz! Ohne dein Erbmaterial kann ich dich freilich nicht klonen lassen. Ich nehme nur an deiner Körperoberfläche etwas Gewebe weg, zur Sicherheit an zwei verschiedenen Stellen; am Hintern und am unterseitigen Oberarm vielleicht. Keine Angst, Liebling, es wird nicht groß wehtun. Ich klebe vorsorglich gleich Pflaster auf die Schnittchen. Ich umwickle die Hautfetzchen dann am besten mit Papier oder Plastik und zusätzlich mit Klebeband und stecke das Knäulchen für die Flucht zwischen zwei große Zehen. So geht es mir, umhüllt von Socke und Schuh, sicher nicht verloren."

Frank: „Gute Idee, meine Kluge. Frau, in deine Obhut gebe ich Körperzellen von mir für eine bessere Zukunft! Damit soll mein ganzer Körper samt Geist dereinst unter anderen Umständen wieder auferstehen in Herrlichkeit. … Mach meine Zellen bitte gut ein in Freiheit! Gefriere sie tief, damit sie nicht schlecht werden, bis damit geklont werden kann!"

Christine: „Ich werde mein Bestes tun, das verspreche ich dir! Sobald wie möglich werde ich deine Hautzellen einfrieren, um sie vor verderblichen Einflüssen zu schützen. Vertrau mir, mein Schatz! Auch wenn ich nicht die beste Köchin bin, so verstehe ich es doch, gut hauszuhalten.

Lass jetzt endlich deine Hosen noch mal runter, damit ich mich auch an dein Hinterteil machen kann. Mit den entfernten Körperzellen kann ich dich später hoffentlich aus deiner Zelle im Kittchen herausklonen lassen. Du sollst der erste Mensch auf Gottes Erden sein, der dereinst – leiblich erneuert und sozial behütet – gleichsam tatsächlich aus seiner Haut kann."

Frank: „Ja, es soll geschehen! ... Au, das tut weh!"

Christine: „Wehleidiges Mannsbild, sei nicht so zimperlich! Man muss Opfer bringen für den Kampf um die Freiheit und das Gute."

Frank: „Es ist vollbracht. Weib, in deine Hände befehle ich meinen Körper!"

Christine: „Somit soll ein guter Geist von dir durch mich schon bald wieder irdisch erstehen können."

Frank: „So sei es."

Christine: „Gib mir jetzt endlich einen deftigen Feuerschutz zur Ablenkung der ganzen Bullerei hier! Die Zeit drängt! Versprich mir vor dem Sprung noch hoch und heilig, dass du bei den Verhören in der Anstalt nicht zu singen anfängst und mich dabei verpfeifst, um womöglich mildernde Umstände für dich herauszuholen!"

Frank: „Wo denkst du hin! Wenn unser Plan ganz aufgehen soll, darf ich dich doch nicht verraten. Ich werde kein Sterbenswörtchen über die Identität meines Raubkumpans verlieren. Alle Beteiligten an unserer Geschichte mit dem Überfall, außer uns beiden, gehen höchstwahrscheinlich sowieso davon aus, dass er ein Mann ist. Deine Sturmhaube und der gepolsterte Kampfanzug vermummen dich und tarnen deine weibliche Existenz. Deine Frauenstimme ließen wir beim Raub doch vorsorglich nicht zum Einsatz kommen, indem ich alle Befehle erteilte. Zudem bist du relativ groß gewachsen und kein Busenwunder. Kleider machen Leute! In deinen Klamotten mit Stoffbinde um den Brustkorb bist du äußerlich sicher täuschend echt als Mann durchgegangen. Kein Bulle wird langfristig der Vermutung nachgehen, dass du als meine Freundin beim Raubüberfall dabei warst. Und wenn doch, können sie dir nichts nachweisen. Besorg dir dazu auf alle Fälle gleich nach deiner Flucht das Versprechen eines wasserdichten Alibis von einer guten Freundin; am besten bis hin zum Schwören eines Meineides im Falle des Falles. Erkaufe dir ihre Loyalität zur Sicherheit mit einem Brocken der geraubten Kohle und verstecke den großen Restbatzen Geld unauffindbar für alle außer dir!"

Christine: „Gut, so kann es gehen. Alles soll nach neuem Plan geschehen. Aber lass dich ja nicht weichkochen von der Kripo! Sage auf keinen Fall gegen mich aus, nachdem sie dich dingfest gemacht und eingelocht haben! Sonst wäre alles umsonst gewesen – im Falle meiner Festnahme."

Frank: „Ich werde dichthalten, ich schwöre es dir! Wenn es ganz schlimm kommt und der Psychoterror der Kripo nicht mehr auszuhalten ist bei den Verhören, werde ich nicht noch unnütz lange warten und mich anstandslos in meiner Zelle erhängen. Irgendetwas Galgen- und Strangartiges wird sich schon dafür auftreiben lassen. Wenn nicht, schneide oder ritze ich mir eben die Pulsadern auf oder erdrossle mich mit bloßen Händen. Ich habe als Ursprungsmensch nicht mehr viel zu verlieren, mein Klonlebewesen jedoch soll gedeihen in Freiheit und sich prächtig entwickeln in netter Gesellschaft."

Christine: „So ist es gut gedacht, mein Liebster! Wenn unsere beiden Erlösungspläne voll aufgehen sollen, darfst du keine unüberwindliche Angst vor dem Tod betreffs deines ersten Lebens haben, sondern sollst es zu meiner Seelenrettung freimütig opfern; am besten dann erst, wenn dein zweites Leben förderlich durch mich auf den Weg gebracht worden ist, damit du nicht in Ungewissheit stirbst."

Frank: „Ich werde dich nicht enttäuschen, Liebes, sondern dir mein Erstlingsleben freiwillig hingeben – so, wie du dich mit deinem Erdenleben ungezwungen für mein Zweitlingsleben aufopfern sollst. ... Aber wirst du in Freiheit den Verlust meines ersten Lebens denn nicht bedauern? Liebst du mich eigentlich noch?"

Christine: „Ja, sicherlich. Aber was soll das jetzt? Wir haben hier keine Zeit mehr für Gefühlsduseleien!"

Frank: „Nur sicherlich?"

Christine: „Nein, ganz gewiss. Ich liebe doch nur dich, du Scheusal. Warum, weiß ich selbst nicht genau."

Frank: „Auch noch, nachdem uns der Knast getrennt haben wird?"

Christine: „Auch dann noch! Ich kann dir auf jeden Fall versprechen, dass ich dich embryonal austragen werde, wenn es möglich ist. Das bin ich dir schuldig, falls ich hier freikomme. Ich möchte dich als Klon in mir unter keinen Umständen abtreiben lassen. Das Leben ist heilig, auch das ungeborene."

Frank: „So ist es gut gemeint. Dein Glaube in allen Ehren!

Mach dich jetzt endlich aus dem Staub, Liebling. Wir dürfen den Absprung nicht verpassen! Vergiss mich nicht mit der großen Knete in Freiheit. Versuch bitte alles zu meiner irdischen Erlösung! Finanziere zuerst meine klontechnische Wiedergeburt, und lege dann noch genügend Scheine für meine Bildung zurück. Danach kannst du dir meinetwegen alle anderen Sachen herkaufen, die du dir immer schon gewünscht hast, wir uns aber nicht leisten konnten."

Christine: „Ich lass dich nicht im Stich, keine Angst. Auf ein Wiedersehen im Gefängnis und hoffentlich auch in deinem neuen Leben! Deine Erbanlage soll nicht für immer verloren sein, sobald du mit deiner Erstexistenz aus freien Stücken verschieden sein wirst. … Sei versichert: Ich werde im Land der unbegrenzten Möglichkeiten embryonale Verdoppelungen von dir herstellen lassen und so lange in mich hineinpflanzen lassen, bis dein weiteres Leben in meinem Bauch entsteht, das ich gesund in die Welt hinausgebären kann. Ich werde dich als Klon-Kind dann wohl besser bei tadellosen Eltern in Pflege geben, damit dein und folglich auch mein Lebenstraum in Erfüllung gehen kann."

Frank: „Aber du könntest dir zur guten Schulung meines Klonlebens doch auch einen anständigen Mann angeln. Nach meinem Freitod könnte ich dahingehend nichts Eifersüchtiges mehr dagegen haben. Es gibt Milliarden besserer Männer auf Erden, als ich einer bin. Es gibt Millionen Kerle in unserem Land, die erziehungsmäßig bestimmt viel mehr geben könnten als ich – dank vorteilhafter Bildung. Von mir aus kannst du mich auch alleine großziehen, wenn du mich dabei nur nicht vernachlässigst – nicht nur, was die Pflege, sondern auch, was die Pädagogik betrifft."

Christine: „Ja, warum nicht? Vielleicht werde ich ja selbst noch ein hochanständiger Mensch, wenn ich von deinem kriminellen Einfluss befreit bin, und behalte dich als Frank den Zweiten mit neuem Namen zur alleinigen Erziehung. Ich würde dir mit meinem Geld die bestmögliche Schulung zukommen lassen können, damit du ein kultivierter Mensch werden kannst, der es zu etwas Gutem bringt im Leben, bestenfalls bis hin zum revolutionären Weltverbesserer. Gott würde dir das hoch im Himmel gutschreiben. Erweise dich als mein Erlöser würdig, wenn ich es schaffe, dir deinen Lebenstraum zu erfüllen!

Aber lass uns jetzt endlich Schluss machen hier mit dem Reden. Lass uns den Raubüberfall zu einem glücklichen Ende bringen, damit unsere beiden Lebensträume wahr gemacht werden können! Der Laster hält den Versuchszügen nach hinten an Ort und Stelle wahrscheinlich nicht mehr lange stand."

Frank: „Ja, lass uns das Drama zu einem guten Schluss bringen. Spring jetzt, und schlage dich in die Flucht, bevor es zu spät ist! Ich werde dir auch bestimmt sehr dankbar sein für alles bei meinem zweiten Leben in Güte, nachdem du mir unsere Vorgeschichte erzählt haben wirst – in mein neues Bewusstsein hinein. Ich will der Erretter deiner Seele in den Himmel werden, da du es aus eigener Kraft wahrscheinlich nicht schaffen kannst. … Bring dich in Stellung, und lass dich möglichst unauffällig aus dem Laster in die Tiefe fallen, wie abgemacht! Ich gebe dir umfassenden Feuerschutz zu deinem Verschwinden in unbehelligter Dunkelheit. Danach werde ich alle möglichen Spuren von dir an mir und im Laster verwischen, die nachträglich auf dich als meinen Raubkumpan schließen lassen könnten. Es bleibt noch Zeit dazu. Die Spurensicherung wird leer ausgehen. Wir werden frei sein.“

Christine: „Ja, so wird es gehen, so soll es geschehen! All meine Spuren zu beseitigen, ist deine letzte Aufgabe hier. Verwische und vernichte all meine Abdrücke und möglichen Körpersäfte im Wagen und an dir, und verbrenne meine ausgefallenen Haare – oder schmeiß sie besser raus, falls du welche finden solltest. Lass nichts unversucht dabei! Kein Abdruck oder Gentest soll mich im Nachhinein überführen können. Fingerabdrücke gibt's hier sowieso nicht – wegen unserer Handschuhe. Wir werden frei sein.“

Geschätzte Leserinnen und Leser, die Sie bis zum Schluss am Text festgehalten haben, glauben Sie es oder glauben Sie es nicht: Christine hat es tatsächlich geschafft, in schier auswegloser Situation nach dem Raubüberfall doch noch zu entkommen; im Besonderen dank ihrer Geschicklichkeit im Wasser und im Allgemeinen dank ihrer Furchtlosigkeit vor den Gefährlichkeiten der Flucht, angefangen mit dem Sprung in den Fluss.

Es kam ungefähr so, wie es ihr Lebensgefährte bei der Vorstellung ihres möglichen Entschwindens vorhergesagt hatte: Der Pilot des Überwachungshubschraubers drehte, wie erwartet, kurz entschlossen ab auf gänzlich schusssichere Entfernung, nachdem Frank ihm einige Kugeln aus seiner frisierten Maschinenpistole vor den Bug gegeben und ihn anschließend sichtbar mit der Panzerfaust bedroht hatte. Prompt nutzte Christine die Fluchtgelegenheit der kurzen Beschattungslücke rumdum, die Frank ihr auch durch sein letztes, alles übertönende MP-Geknatter beidseitig nach hinten Richtung Brücke verschafft hatte.

Sie öffnete dazu die linke Wagentür nur flüchtig so weit, dass sie sich mit dem Koffer an gürtelverlängerter Hand runter ins Wasser fallen lassen konnte, wobei Frank die Tür schnellstmöglich wieder schloss. Der Fluss war an der Stelle mittig der Brücke glücklicherweise tiefer, als Christine beim Sprung ins Wasser drang. Sie berührte dabei nämlich nicht mal den Grund, obwohl (oder vielmehr gerade weil) sie den Koffer voll Geld und Luft bei der gewagten Aktion aus Gründen der Sicherheit abrupt etwas mit in die Tiefe unter die Wasseroberfläche riss, wie sie mir bei Schilderung der ganzen Wahrheit erzählte, seinem ruckartigen Rückhalt nach zu urteilen.

Wieder auf dem Wasser, hielt Christine sich direkt am Griff des Koffers fest und ließ sich mit ihm, mittels freien Armes und beider Beine mehr tauchend als schwimmend, zielstrebig aus der Gefahrenzone an eine relativ ruhige Wasserstelle treiben, wo das Ufer leicht erstiegen werden konnte. Gott sei es gedankt, dachte sich Christine bei ihrer Flucht, dass die in Schach gehaltene Polizei sie in der Kürze der Zeit, wie es aussah, im kühlen Wasser per Scheinwerfer, Wärmebildkamera oder Nachtsichtgerät nicht aufspüren konnte und dass der Fluss unter der Brücke nicht so reißend war, dass er für sie ein unbeherrschbares Schwimm- und Tauchproblem darstellte. Aber sie konnte sich bei letzterem Punkt auch auf ihr Luftkissen, den Koffer, verlassen, wenn es gefährlich zu werden drohte. In der Tat hielt er verschlossen und gut verklebt dicht auf seiner kurzen Fahrt mit Christine flussabwärts; will zudem sagen: Die Flocken blieben trocken gemäß ihrer prüfenden Ertastung dazu nach erfolgter Flucht.

Aus gegebenem Anlass des gewehrlichen Gewaltausbruches aus dem Laster schöpfte der zuständige SEK-Einsatzleiter allerdings den dringenden Verdacht eines gezielten Ablenkungsmanövers zur letztmöglichen Flucht. Für die eventuelle Festnahme entsprungener Delinquenten ließ er daraufhin auf Befehl alle entbehrlichen Kräfte eilends an den Ufern des Flusses unter der Brücke aufmarschieren. Allein Christine gelang es in der Dunkelheit und im Sichtschutz eines Gehölzes, recht zügig ungesehen zu entschwinden.

Hätte der Leiter die Flussufer nicht erst nach Franks Fluchtfeuerschutz für Christine besetzen lassen, sondern umgehend nach seiner Kenntnis der Lage des Fluchtgefährtes auf der Brücke, wäre Christine wahrscheinlich nicht davongekommen. Aber meine Damen und Herren von heutiger Welt: In Zeiten knapper Staatskassen hätten für eine wirkungsvolle Bewachung flussaufwärts und weit flussabwärts auf die Schnelle sowieso nicht genügend Polizeibeamte zur Verfügung gestanden. So vertraute der Einsatzleiter auf die Hubschrauberbesatzung zur Verortung von potenziell Flüchtenden über den Weg des Flusses.

Unter einigen Strapazen ging Christine der Polizei nach dem Raub also letztlich doch noch betucht durch die Lappen. Sobald sie es bei Nacht geschafft hatte, sich aus der Gefahrenzone zu schlagen, rief sie per Handy, das sie vor dem Fluchtsprung mit Bedacht im Koffer verwahrt hatte, eine ihrer Freundinnen an, um sich notfallbedingt abholen zu lassen und um sich beim Treff das benötigte Alibi zu verschaffen. Jene Freundin war angeblich auch spontan bereit dazu, Christine hoch und heilig ein Alibi zu versprechen, nachdem sie das viele Geld in ihren Händen gesehen hatte, das sie dafür bekommen würde.

Die kommenden Schwierigkeiten zur tatsächlichen Klonreproduktion Franks in Gestalt eines neugeborenen Säuglings überwand Christine zwar verschlagen, aber tapfer. Freilich wurde sie nach dem Überfall mit Frank als seine offizielle Freundin von der Polizei eine Zeit lang über ihre Privat- und Vermögensverhältnisse ausgeforscht und einige Male verfänglich verhört bezüglich möglicher Mittäterschaft oder Wissens um mögliche Mittäterschaft. Sie hielt jedoch überzeugend dicht, und zwar so, dass sie nicht von ihrem Zeugnisverweigerungsrecht Gebrauch machte, sondern indem sie so tat und sprach, als wenn sie von nichts eine Ahnung hätte. Man konnte ihr nichts anderes nachweisen – sie konnte gut lügen, hatte ein Alibi für jenen Samstagabend bis spät in die Nacht hinein und hatte das geraubte Geld unauffindbar für alle anderen Menschen verwahrt.

Frank dagegen hatte weniger gut lügen können. Doch auch er hatte bei den Vernehmungen dichtgehalten, denn er hatte eisern hinsichtlich der Frage geschwiegen, wer sein Komplize beim Raub gewesen sei. Was dies betrifft, hatte er standhaft die Aussage verweigert. Den Psychoterror der Kripo hatte er gut wegstecken können, denn er war nervenaufreibende Demütigungen schon vom Umgang seines Vaters her gewohnt gewesen, wie mir Christine auch mitgeteilt hatte. So hatte er laut ihr beschlossen, noch einige Zeit vor seinem Freitod im Gefängnis zu leben, um die anfängliche Entwicklung seiner genetischen Kopiergeschichte als Original verfolgen zu können – und zwar mittels der Deutung von Christines Gesichtszügen, Augenzwinkern und Bauchgröße bei ihren Besuchen, denn Briefe an ihn hätten angesichts seines Vergehens sicher nicht ungeprüft empfangen werden können.

Auch keinerlei Angebote der zuständigen Beamten bezüglich Minderung der abzusitzenden Strafe hatten Frank schwach werden und mit der Sprache herausrücken lassen – polizeimutmaßlich deswegen, um nach dem Strafvollzug das entwendete Geld mit seinem Raubgenossen versprochenermaßen auf freiem Fuß zu teilen. Ansonsten hatte Frank alle Befehle und Anordnungen bei und nach seiner Festnahme in vorbildlicher Führung befolgt. Das hatte damit begonnen, dass er noch während der Bergung des Muldenkippers auf der Brücke alle Waffen demonstrativ aus dem Fenster geworfen hatte, die er in der Fahrerkabine zur Verfügung gehabt hatte. Nach erfolgter Bergung hatte er unverzüglich der Polizeiorder Folge geleistet, mit erhobenen Händen auszusteigen, da er keine Chance mehr zu entkommen gehabt habe.

Verehrte Leserinnen und Leser, halten Sie mich meinetwegen für einen schlechten Menschen, aber ich mache mir im Nachhinein keinen großen Vorwurf dafür, dass ich mich damals dazu bereit erklärt habe, Frank und Christine in ihrer Not weiterzuhelfen, meinen technischen Möglichkeiten entsprechend. Ich kann ihr Verhalten verstehen und mein Handeln für sie mit meinem Gewissen vereinbaren, auch nachdem ich nunmehr über ihre kriminelle Vorgeschichte Bescheid weiß. Vermutlich hätte ich sie sogar unterstützt, wenn ich von Anfang an über die ganze Wahrheit ihres prekären Falles eines Kinderwunsches, zu erfüllen durch mich, aufgeklärt worden wäre.

Der Grund liegt darin, dass ich neben meinem Mitgefühl für sie, speziell als entfernter Verwandter, und neben meinem wissenschaftlichen Ehrgeiz, den ersten Menschen zu klonen, meine Versuche mit Christine auch als Experiment zu meiner möglichen Rettung sah, wie mir nachträglich voll bewusst wurde; als Probe aufs Exempel sozusagen, meine Person vor dem vorzeitigen Tod bewahren zu können, indem ich mich selbst klonte, da die Klonung Franks gut geglückt wäre. Ich leide nämlich bereits eine geraume Zeit lang an einer schleichenden Krankheit und habe durchschnittlich erst knapp die Hälfte Zeit eines normalen Menschenlebens verbrauchen dürfen.

Meinen Ärzten ist es zwar ein Rätsel, woher meine neuartige, offenbar unheilbare Krankheit kommt, doch ich hege seit einiger Zeit einen Verdacht darüber, den ich aufgrund einer Pressemeldung über zeitlich weit versetzte Hyperimmunreaktionen geschöpft habe, die mutmaßlich wegen des Konsums von gentechnisch hergestellten Nahrungsmitteln hervorgerufen wurden. Meine Gesundheit ist, verwandtschaftlich gesehen, nämlich nicht irgendwie durch ein erbliches Risiko belastet, soviel ich weiß, ich habe bis vor Kurzem jedoch schon seit Langem auch sorglos Produkte aus genmanipulierten Pflanzen und Tieren gegessen. Schließlich stehe ich selbst an einer Schaltstelle zur Herstellung solcher, mitunter auch krankheitslindernder Lebensmittel. Da ziemt es sich, keine Skrupel vor ihrem Verzehr zu haben.

Meine Krankheit verschlimmert sich von Jahr zu Jahr etwas. Anscheinend ruiniert sie meine Gesundheit langsam, aber sicher. Die Symptome meines körperlichen Verfalls treten mit der Zeit immer augenfälliger in Erscheinung. Wenn sich nicht bald eine wirkungsvolle Behandlungsmethode gegen mein Gebrechen erschließen lässt, werde ich wahrscheinlich nicht mehr lange zu leben haben.

Natürlich will ich jetzt noch nicht sterben. Ich will so lange weiterleben, wie es einer menschlichen Existenz würdig ist. Das ist doch nicht zu viel verlangt, oder? Bitte gehen Sie nachsichtig mit mir ins Gericht, falls bis zu meinem krankheitsbedingten Ableben keine Aussicht auf meine Heilung besteht und ich mich daher kurzerhand (trotz Risiken und negativer Nebenwirkungen im Falle meines Klonfabrikats „Felix") dazu entschließen sollte, eine erbliche Kopie von mir technisch in die Welt zu stellen. Die nötige Gerätschaft dazu steht mir nun in meiner Zweitwohnung und an meinem Arbeitsplatz schon zur Verfügung. Mein Genom soll nötigenfalls eine neue Chance bekommen, sich über eine Lebensbahn hinweg körperlich und geistig zu verwirklichen, auch wenn sie im Hinblick auf Dolly weniger lang sein sollte als normalerweise.

Zwecks Entschädigung soll mein Arbeitgeber indirekt etwas dafür bezahlen, dass ich meinem drohenden Tod in naher Zukunft kraft meiner Wissenschaft und Technik zeitknapp als Klon entfliehen kann; und zwar mit der freundlichen Unterstützung meiner Lebensgefährtin als Eizellenspenderin und Mutter. Schließlich ist mein medizinisch noch ungeklärtes Siechtum, das mich vor meiner Zeit viel zu früh aus meinem ansonsten erstklassigen Leben zu reißen droht, vermutlich durch den jahrelangen Genuss von Backwaren ausgelöst worden, die zum Teil aus genetisch modifiziertem Weizen bestanden, auf den mein Arbeitgeber eines seiner Patente hat.

Werner Simon (Dr. phil.)

- Geburt 1968 in Neumarkt in der Oberpfalz

- Studium der Soziologie, Philosophie und Kunst-geschichte an der FAU Erlangen-Nürnberg

- Promotion im Fach Philosophie ebenda

- Veröffentlichung Belletristik: Philo auf der Suche nach dem Sinn des Lebens. Ein postmodernes Märchen zur Geschichte der abendländischen Philosophie, 2007.